LIMA BARRETO

O SUBTERRÂNEO DO MORRO DO CASTELO

Coleção
GRANDES CLÁSSICOS DA LÍNGUA PORTUGUESA

VOLUME 63

BRASILIARIS

Editor-chefe:
Tomaz Adour

Capa:
Spirit

Revisão:
Equipe Vermelho Marinho

Diagramação:
Marcelo Amado

Texto revisado segundo o novo Acordo Ortográfico da Língua Portuguesa.

Dados Internacionais de Catalogação na Publicação (CIP)
Fabio Osmar de Oliveira Maciel – CRB-7 6284

B273s

Barreto, Lima, 1881-1922
O subterrâneo do Morro do Castelo / Lima Barreto. – 1. ed. – Rio de Janeiro : Brasiliaris, 2023.
80 p. ; 21 cm. – (Grandes clássicos da língua portuguesa ; v. 63).

ISBN 978-85-8265-326-5

1. Romance brasileiro. I. Título.

689-115-23 CDD : 869.93

Índice para catálogo sistemático:
1. Romance: Literatura brasileira 869.93

EDITORA VERMELHO MARINHO USINA DE LETRAS LTDA
Rio de Janeiro — Departamento Editorial:
Avenida Gilka Machado, 315 — bloco 2 — casa 6
Recreio dos Bandeirantes — Rio de Janeiro — RJ
CEP: 22795-570

VERMELHO MARINHO
www.editoravermelhomarinho.com.br

SUMÁRIO

APRESENTAÇÃO

O selo Brasiliaris é uma iniciativa da Editora Vermelho Marinho com a Spirit, que tem como objetivo resgatar todas as obras clássicas da literatura brasileira que estejam em domínio público. Independente do autor ou da época em que escreveu, a coleção pretende publicar todas as obras de todos os autores que estejam disponíveis para publicação ou digitalização.

É um trabalho de longo prazo, pois citando apenas alguns autores muito conhecidos, como Machado de Assis, José de Alencar e Joaquim Manuel de Macedo, descobrimos que eles têm uma obra muito extensa, incluindo romances, contos, novelas, poemas e textos teatrais, fora artigos em ensaios. E muitas dessas obras não se encontravam mais no mercado. Até agora.

Tomaz Adour, o editor da coleção, já vem fazendo este trabalho de resgate há mais de 10 anos, conseguindo trazer de volta ao mercado autores do porte de uma Júlia Lopes de Almeida, A. G. Teixeira e Souza, Paulo Setúbal, Coelho Neto, Francisca Júlia, Bruno Seabra, Carmen Dolores, Martins Pena, João do Rio, Coelho Neto, Chrysanthème, entre tantos outros que lançou na Coleção Grandes Clássicos.

Com o apoio da Spirit e sua experiência em design aliada à sua paixão pelos livros, estes e outros autores irão ganhar roupagem nova, com edições especiais com orelhas, edições especiais em capa dura, além de ebooks a preços acessíveis para todos os leitores.

Este projeto ambicioso é uma forma de levar ao público tudo de bom que foi produzido em nossa literatura, permitindo que os leitores tenham acesso não apenas às obras mais famosas dos principais autores, mas também a obras que estão fora do mercado há décadas ou mesmo séculos. Com isso, um leitor que se apaixonar por um livro de um autor poderá conhecer toda a sua obra.

É um trabalho de garimpagem. Temos mais de 10.000 obras a serem publicadas e estamos atrás de obras perdidas, esquecidas ou que possuem poucas cópias em bibliotecas ou coleções particulares. Por isso, todo apoio é bem-vindo. Cada leitor ou amante de livros que deseje sugerir ou indicar uma obra receberá os créditos e será um colaborador da coleção. Acreditamos que, desta forma, obras perdidas ou com cópias desgastadas poderão ser resgatadas, desde que haja um colecionador ou uma biblioteca que a possua. Se quiser colaborar, basta nos escrever.

Que os leitores possam descobrir cada vez mais as obras de uma das literaturas mais importantes do mundo!

7

CORREIO DA MANHÃ - SEXTA-FEIRA, 28 DE ABRIL DE 1905

O SUBTERRÂNEO DO MORRO DO CASTELO

FABULOSAS RIQUEZAS
OUTROS SUBTERRÂNEOS

Os leitores hão de estar lembrados de que, há tempos, publicamos uma interessante série de artigos da lavra do nosso colaborador Léo Junius, subordinados ao título *Os Subterrâneos do Rio de Janeiro.*

Neles vinham descritas conscienciosamente e com o carinho que sempre o autor dedicou aos assuntos arqueológicos, as galerias subterrâneas, construídas há mais de dois séculos pelos padres jesuítas, com o fim de ocultar as fabulosas riquezas da comunidade, ameaçadas de confisco pelo braço férreo do Marquês de Pombal.

Verdade ou lenda, caso é que este fato nos foi trazido pela tradição oral e com tanto mais viso de exatidão quanto nada de inverossímil nele se continha.

De feito: a ordem fundada por Inácio de Loiola, em 1539, cedo se tornou célebre pelas imensas riquezas que encerravam as suas arcas, a ponto de ir tornando a pouco e pouco uma potência financeira e política na Europa e na América, para onde emigraram em grande parte, fugindo às perseguições que lhe eram movidas na França, na Rússia e mesmo na Espanha, principal baluarte da Companhia.

Em todos estes países os bens da Ordem de Jesus foram confiscados, não sendo pois admirar que, expulsos os discípulos de Loiola, em 1759, de Portugal e seus domínios pelo fogoso ministro de D. José I, procurassem a tempo salvaguardar os seus bens contra a lei de exceção aplicada em outros países, em seu prejuízo.

A hipótese, pois, de existirem no morro do Castelo, sob as fundações do vasto e velho convento dos jesuítas, objetos de alto lavor artístico, em ouro e em prata, além de moedas sem conta e uma grande biblioteca, tomou vulto em breve, provocando o faro arqueológico dos revolvedores de ruinarias e a *auri sacra fames* de alguns capitalistas, que chegaram mesmo a se organizar em companhia, com o fim de explorar a empoeirada e úmida colchida dos Jesuítas. Isto foi pelos tempos do Encilhamento.

Sucessivas escavações foram levadas a efeito, sem êxito apreciável; um velho, residente em Santa Teresa, prestou-se a servir de guia aos bandeirantes da nova espécie, sem que de todo este insano trabalho rendesse afinal alguma coisa a mais que o pranto que derramaram os capitalistas pelo dinheiro despendido e o eco dos risos casquilhos de mofa, de que foram alvo por longo tempo os novos Robérios Dias.

Estes fatos já estavam quase totalmente esquecidos, quando ontem novamente se voltou a atenção pública para o desgracioso morro condenado a ruir em breve aos golpes da picareta demolidora dos construtores da Avenida.

Anteontem, ao cair da noite, era grande a azáfama naquele trecho das obras.

A turma de trabalhadores, em golpes isócronos brandiam os alviões contra o terreno multissecular, e a cada golpe, um bloco de terra negra se deslocava, indo rolar, desfazendo-se, pelo talude natural do terreno revolvido.

Em certo momento, o trabalhador Nelson, ao descarregar com pulso forte a picareta sobre as últimas pedras de um alicerce, notou com surpresa que o terreno cedia, desobstruindo a entrada de uma vasta galeria.

O Dr. Dutra, engenheiro a cujo cargo se acham os trabalhos naquele local, correu a verificar o que se passava e teve ocasião de observar a seção reta da galeria (cerca de 1,60m de altura por 0,50m de largura).

O trabalho foi suspenso a fim de que se dessem as providências convenientes em tão estranho caso; uma sentinela foi colocada à porta do subterrâneo que guarda uma grande fortuna ou uma enorme e secular pilhéria; e, como era natural, o Sr. Ministro da Fazenda, que já tem habituada a pituitária aos perfumes do dinheiro, lá compareceu, com o Dr. Frontin e outros engenheiros, a fim, talvez, de informar à curiosa *comissão* se achava *aquilo* com cheiro de casa-forte... O comparecimento de S. Exa., bem como a conferência que hoje se deve realizar entre o Dr. Frontin e o Dr. Lauro Muller, levam-nos a supor que nas altas camadas se acredita na existência de tesouros dos jesuítas no subterrâneo do morro do Castelo.

Durante toda a tarde de ontem, crescido número de curiosos estacionaram no local onde se havia descoberto a entrada da galeria, numa natural sofreguidão de saber o que de certo existe sobre o caso.

Hoje continuarão os trabalhos, que serão executados por uma turma especial, sob as imediatas vistas do engenheiro da turma.

Que uma fada benfazeja conduza o Dr. Dutra no afanoso mister de descobridor de tesouros, tornando-o em Mascotte da avenida do Dr. Frontin.

***

A propósito da descoberta deste subterrâneo, temos a acrescentar que, segundo supõe o Dr. Rocha Leão, nesta cidade existem outros subterrâneos do mesmo gênero e de não menos importância.

Assim é que na Chácara da Floresta deve existir um, que termina no local onde foi o Theatro Phenix; um outro que, partindo da praia de Santa Luzia, vai terminar num ângulo da sacristia da Igreja Nova.

Ainda outro, partindo também de Santa Luzia, termina num pátio, em frente à cozinha da Santa Casa de Misericórdia, além de outros ainda, de menor importância.

O Dr. Rocha Leão, que obteve há tempos concessão do governo para exploração dos chamados subterrâneos do Rio de Janeiro, assevera mais, em carta a nós dirigida, que na Travessa do Paço há um armazém em ruínas, em uma de cujas reforçadas paredes está oculta a entrada para uma galeria que vai até os fundos da Catedral; daí se dirige paralelamente à Rua do Carmo até o Beco do Cotovelo, onde se bifurca e sobe pela ladeira até à igreja.

Segundo o mesmo arqueólogo, nestes subterrâneos se devem encontrar, além de grandes riquezas, o arquivo da capitania do Rio de Janeiro, a opulenta biblioteca dos padres e os mapas e roteiros das minas do Amazonas...

Pelo que veem, eis aí farta messe de assunto para os amadores de literatura fantástica e para os megalômanos, candidatos a um aposento na Praia da Saudade.

10

CORREIO DA MANHÃ - SÁBADO, 29 DE ABRIL DE 1905

O SUBTERRÂNEO DO MORRO DO CASTELO

VISITA À GALERIA

Uma hora da tarde; o sol causticante ao alto e uma poeirada quente e sufocante na Avenida em construção; operários cantam a voz dolente, enquanto os músculos fortes puxam cabos, vibram picaretas, revolvem a areia e a cal das argamassas.

O trajeto pela Avenida, sob a canícula medonha, assusta-nos; um amigo penalizado resolve-se a servir-nos de Cirineu e lá vamos os dois, satirizando os homens e as coisas, pelo caminho que conduz ao tesouro dos jesuítas ou à *blage* da lenda.

Estacamos para indagar de um grupo de trabalhadores onde podíamos encontrar o Dr. Dutra.

— Patrão, não sabemos; nós trabalhamos no teatro.

Não eram atores, está visto; simples operários, colaboradores anônimos nas glórias futuras da ribalta municipal.

Mais alguns passos e aos nossos surge a mole argilosa do Castelo: um grande talho no ventre arroxeado da montanha nos faz adivinhar a entrada do famoso subterrâneo.

Limitando uma larga extensão, há, em torno ao local de tantas esperanças, uma cerca de arame, barreira à curiosidade pública que ameaçava atrapalhar a marcha dos trabalhos.

O Dr. Pedro Dutra, enlameado e suarento, discreteava num pequeno grupo.

Ao aproximarmo-nos, o novel engenheiro, amável, nos indicou com um sorriso a passagem para o local vedado ao público.

— Então, já foram descobertos os apóstolos?

— Que apóstolos?

— Os de ouro, com olhos de esmeralda?

— Por ora não — respondeu-nos risonho o engenheiro e, solícito, acompanhou-nos à porta da galeria.

Esta é alta, de 1 metro e 90 centímetros, com cerca de 80 centímetros de largura; no interior operários retiravam o barro mole e pegajoso, atolados no lameiro até o meio das canelas. Ao fundo bruxuleava uma luzinha dúbia, posta ali para facilitar a desobstrução do subterrâneo.

Um cenário tétrico de dramalhão.

O Dr. Dutra dá-nos informações sobre os trabalhos.

Por ora, limitam-se estes à limpeza da parte descoberta.

Pela manhã de ontem, ele a percorreu numa extensão de 10 metros; é o primeiro trecho da galeria.

Daí em diante, esta conserva a mesma largura, aumentando a altura que passa a ser de 2 metros e 10 centímetros e dirigindo-se para a esquerda num ângulo de 55 graus, mais ou menos.

O trabalho tem sido muito fatigante; não só pela exiguidade do espaço, como pela existência d'água de infiltração.

Mesmo assim, o Dr. Dutra espera hoje limpar toda a parte explorada, continuando em seguida a exploração no trecho que se dirige para a esquerda.

— Até agora nada se encontrou de interessante, se há tesouro ainda não lhe sentimos o cheiro.

— Mas o que imagina o doutor, sobre o destino desta galeria?

— Não tenho opinião formada; apenas conjecturas... Os jesuítas talvez hajam construído o subterrâneo para refúgio, em caso de perseguição; o Marquês de Pombal era um pouco violento...

Gostamos da benevolência do conceito; um pouco...

E o engenheiro continuou:

— Nota-se que não houve a preocupação de revestir as paredes, o que seria natural fazer, caso se pretendesse ali guardar livros ou objetos de valor... Os construtores da galeria evitaram na sua perfuração o barro vermelho, procurando de preferência o moledo, mais resistente; todo o trabalho parece ter sido feito a ponteiro.

—E sobre a visita do Dr. Bulhões?

—Esteve com efeito aqui, acompanhado pelo Dr. Frontin e penetrou com este até o último ponto acessível da galeria. Mas parece que voltou desanimado...

O nosso companheiro de excursão quis discutir ainda o papel do Marquês de Pombal no movimento político religioso do século XVIII; mas o calor sufocava e nada mais havia de interessante sobre o subterrâneo do Castelo.

Despedimo-nos gratos à amabilidade cativante do Dr. Pedro Dutra, cujo aspecto não era, entretanto, o de quem se julga à porta de um tesouro secular.

Em torno, contida pela cerca de arame, apinhava-se a multidão sonhadora e desocupada...

***

Ainda a propósito do subterrâneo do Castelo, convém notar que há mais de vinte anos o Barão de Drummond, que depois se tornou dono de uma fama imorredoura pela genial descoberta do jogo do bicho, tentou a exploração do morro do Castelo, com o fim de retirar de lá os tesouros ocultos e promover por este modo o pagamento de dívida pública e... das suas.

Os trabalhos eram feitos com o emprego de minas de dinamite, o que provocou protestos dos moradores do morro e consequentemente suspensão do perigoso empreendimento.

E ficou tudo em nada.

O Dr. Rocha Leão, que durante longos anos se tem dedicado aos estudos dos subterrâneos do Rio de Janeiro, declara-nos existir documentos positivos sobre o local em que se acham tesouros dos jesuítas no Arquivo Público e na Antiga Secretaria de Ultramar, na Ilha das Cobras.

13

CORREIO DA MANHÃ - TERÇA-FEIRA, 2 DE MAIO DE 1905

O SUBTERRÂNEO DO MORRO DO CASTELO

Alegrem-se os que acreditam na existência de fabulosas riquezas na galeria do morro do Castelo.

Se o ouro ainda não refulgiu ao golpe explorador da picareta, um modesto som metálico já se fez ouvir, eriçando os cabelos dos novos bandeirantes e dando-lhes à espinha o frio solene das grandes ocasiões; som feio e inarmônico de ferro velho, contudo som animador que faz pregoar orquestrações de barras de ouro, cruzados do tempo do D. João VI, pedrarias policrômicas, raras baixelas de repastos régios, tudo isto desmoronando-se, rolando vertiginosamente como o cascalho humilde pelo talude escarpado da montanha predestinada.

Por agora contentemo-nos com o ferro velho; ferro cujo passado destino, ao que se diz, honra pouco a doçura de costumes dos discípulos de Loiola, ferro em cuja superfície oxidada a Academia de Medicina ainda poderá achar resquícios do sangue dos cristãos-novos.

Ainda bem que hoje em dia nem mais para os museus poderão servir as carcomidas correntes levantadas pelas mãos dos buscadores de ouro.

Agora que tanto se fala na candidatura do Sr. Bernardino de Campos, seria assaz de temer que as golilhas e polés encontradas no Castelo ainda estivessem capazes de uso.

O Sr. Presidente da República lá esteve, na galeria dos jesuítas, galeria em que, diga-se a verdade, sente-se bem a sua angélica pessoa.

Foi isto ontem pela manhã, depois do café e antes da segunda inauguração do primeiro decímetro de cães.

S. Exa., acompanhado da casa civil e militar, do Dr. Frontin e de outras pessoas gratas (gratas, sr. revisor!), enveredou pelo buraco, iluminado por um foco de acetileno, que dava à galeria o tom macabro da furna de Ali Babá.

Entrou, olhou e nada disse; se o chefe de polícia estivesse presente, teria exclamado como de outra vez (e desta com alguma razão): — Senhores, estamos com um vulcão por cima da cabeça.

A frase não seria de toda absurda, desde que por uma ficção poética se concedessem por um momento ao inofensivo Castelo as honras vulcânicas.

Mas, em suma, nem o Sr. Bulhões nem o Sr. Frontin, nem mesmo o Presidente da República tiveram a dita de encontrar os apóstolos de ouro de olhos esmeraldinos; e como S. Tomé, que também era apóstolo, ficam aprovisionando entusiasmo para quando os seus dedos assépticos conseguirem tocar as imagens que nos vão salvar da crise econômica.

E contem conosco para a inauguração do curso metálico.

15

CORREIO DA MANHÃ - QUARTA-FEIRA, 3 DE MAIO DE 1905

O SUBTERRÂNEO DO MORRO DO CASTELO

Mais uma galeria subterrânea foi descoberta ontem no morro do Castelo. Decididamente a velha mole geológica, esventrada pela picareta do operário descrente, despe o mistério que a envolvia e escancara o seu bojo oco e cobiçado à pesquisa dos curiosos.

Já ninguém contesta que o morro lendário, célula matriz de Sebastianópolis, encerra nas arcas de seus poços interiores, atulhados pela caliça de três séculos e meio, um alto, um elevado tesouro... bibliográfico, pelo menos.

Em toda a parte do morro, onde a picareta fere mais fundo, responde um eco grave no interior, eco que vai de galeria em galeria quebrar-se nas vastas abóbodas onde repousam os doze apóstolos de ouro.

Mais um mês, mais oito dias, quem sabe, e o Santo Inácio de Loiola, há trezentos anos afundando na tenebrosa escuridão do cárcere calafetado, emergirá à luz dos nossos dias, todo refulgente nos doirados de sua massa fulva.

Há por força dentro do morro do Castelo uma riqueza fabulosa deixada pelos discípulos de Loiola na sua precipitada fuga sob o açoite de Pombal.

Tanto metal precioso em barra, em pó, em estátuas e objetos do culto, não podia passar despercebido à arguta polícia do ministro incréu e atilado.

Na sua mudez de catacumbas seculares, os subterrâneos do Castelo bem serviriam para guardar os tesouros da Ordem mais rica do mundo e ainda os guardam certamente.

Mas agora chegou o tempo de quebrar o segredo de sua riqueza e ser espoliado de seu olímpico depósito.

O homem já não se contenta em querer escalar o céu, quer também descer ao coração da terra e não poderá o morro do Castelo embaraçar-lhe a ação.

Há de rasgar-se, há de mostrar o labirinto de suas acidentadas galerias e há de espirrar para fora os milhões que vêm pulverizando numa digestão secular.

Um dia destes foi num dos flancos que se abriu a boca silenciosa de um corredor escuro que os homens interrogam entre curiosos e assustados; hoje é a própria cripta do morro que se parte como a querer bradar para o céu o seu protesto contra a irreverência e avidez dos homens!

Mas os operários prosseguem cada vez mais porfiados em ver quem primeiro colhe o prazer ultra-marinho de descobrir o moderno Eldorado.

Foi ontem; uma turma explorava o dorso imoto do morro; súbito a ponta da picareta de um operário bate num vazio e some-se...

A boca negra de um outro subterrâneo escancarava-se.

Pensam uns que é a entrada, arteiramente disfarçada, de uma outra galeria, opinam outros que é simples ventilador dos corredores ocultos.

Seja o que for, porém, a coisa é verdadeira, lá está a oito metros abaixo do solo emparedada a tijolo velho.

Trouxemos uma terça parte de um dos tijolos para nosso escritório onde quem quiser a pode examinar.

CORREIO DA MANHÃ - QUINTA-FEIRA, 4 DE MAIO DE 1905

OS SUBTERRÂNEOS DO RIO E JANEIRO

AS RIQUEZAS DOS JESUÍTAS

A multidão apinhava-se curiosa, diante do morro do Castelo, em cujo imenso bojo se entesouram riquezas fabulosas, abandonadas pelos jesuítas na precipitação da retirada.

Olhos ávidos de descobrir na sombra pesada da galeria o rebrilho de uma peça de ouro, ouvidos atentos ao mínimo ruído vindo de dentro, toda aquela gente, nos lazeres do feriado de ontem, se acotovelava ao longo da cerca de arame, que a previdência oficial construiu, para maior segurança do subterrâneo opulento.

Íamos sequiosos de novas do Castelo e das suas lendárias coisas; mas, a dilatada área defesa ao público, não havia o movimento habitual dos dias de labor.

Pequerruchos despreocupados revolviam a terra e à porta soturna da galeria dois negros cérberos vigiavam, modorrentos, o tesouro secular.

Aproximamo-nos. Havia uma franca comunicatividade entre os curiosos, trocavam-se comentários estranhos sobre a direção dos subterrâneos, as salas amplas, em mármore rosado, nas quais se enfileiram, pejadas de ouro e pedrarias, as arcas dos discípulos de Loiola.

Mas, em meio à multidão, salienta-se um senhor alto, de bigodes grisalhos e grandes olhos penetrantes, cuja voz pausada e forte atrai a atenção de toda gente. O círculo de curiosos se aperta a pouco e pouco e os ouvidos recebem deleitados as palavras do oráculo.

De coisas extraordinárias sabe este homem; tem talvez cinquenta anos de idade, dois terços deles gastos no esmerilhamento das verdades ocultas nas entrelinhas de pergaminhos seculares.

Ele sabe de todo um Rio subterrâneo, um Rio inédito e fantástico, em que se cruzam extensas ruas abobadadas, caminhos de um Eldorado como não no sonhara Pangloss.

Acercamo-nos também, na ânsia de escutar a palavra sábia; ele já enveredara por um detalhe trágico da história conventual do Castelo: a história de uma condessa italiana, da família dos Médicis, raptada, em noite escura, de um palácio florentino e conduzida num bergantim para o claustro dos jesuítas, onde, em babilônicas orgias, seu alvo corpo palpitante de mocidade e seiva corria de mão em mão, como a taça de Hebe; depósito sagrado de um capitoso vinho antigo.

Os circunstantes ouviam boquiabertos a interessante narrativa; um senhor, nédio e rosado, aparteava de quando em vez, pilhérico.

Ousamos uma pergunta:

— Há documentos a respeito?

— Preciosíssimos, meu amigo; eu tive sob os olhos todo o roteiro das galerias; conheço-as como a palma das minhas mãos. A reconstrução daquela época trágica seria uma obra de fazer arrepiar os cabelos!...

— E quanto às duas galerias recentemente descobertas?

Ele disse:

— Não valem nada, meu amigo; o caminho está errado; por aí não darão no vinte.

— Mas, neste caso, que utilidade tem estas?

— Estas e muitas mais foram feitas, umas para os suplícios e outras com o único fim de atordoar, desnortear os investigadores. O verdadeiro depósito dos tesouros, onde se encontram arcas de ferro abarrotadas de ouro e pedras finas, acha-se a 430 metros do sopé do morro; aí o ar é quase irrespirável em vista das exalações sulfúricas; é mesmo de crer que o morro não seja mais que o tampo de um vulcão. De tudo isto há documentos irrefutáveis e não só referentes ao Castelo, como aos demais subterrâneos, quais os da ilha do Raimundo, próxima à do Governador, e da Fazenda de Santa Cruz e tantos outros que minam a velha cidade de Mem de Sá.

— E o cavalheiro me pode dar alguns apontamentos a respeito?

— Com prazer; o meu maior desejo é elucidar todos os pontos desta interessante história para que o governo não esteja a perder tempo e dinheiro com buscas fatalmente improfícuas.

— Neste caso...

— Apareça em minha residência; mostrar-lhe-ei os documentos.

— É favor; lá irei hoje mesmo.

— Às oito horas, está dito.

E com um forte aperto de mão, depedimo-nos, de coração palpitando de curiosidade, prelibando o cheiro dos documentos arcaicos e a imaginar toda a complicada tragédia de suplícios inquisitoriais, de pesados lajões, sepultando ouro em barra, e de condessas louras, a desmaiar de amor nas celas do claustro imenso.

Da longa história que ouvimos, fartamente documentada e narrada em linguagem simples e fluente, por um homem de espírito cultivado e arguto conhecedor do assunto, daremos amanhã circunstanciada notícia aos leitores, justamente ávidos de desvendar os mistérios do venerável morro.

***

O Dr. Rocha Leão escreve-nos, à propósito do palpitante assunto:

"Sr. redator,

Digna-se V.S. dar-me pequeno espaço para uma reclamação. Fui hoje surpreendido com a publicação que fez *O Paiz* de documentos que foram entregues ao Ex.mo Sr. Presidente da República.

Não tenho a honra de conhecer, nem ao menos de vista, o Ex.mo Sr. Almirante Nepomuceno.

Já há tempos declarei que os documentos que eu possuía sobre o Castelo entreguei-os ao meu finado amigo, o engenheiro Jorge Mirandola e não Miranda, quando ele foi há anos à Inglaterra.

Falecendo esse engenheiro em Lisboa, procurei aqui em Icaraí (Niterói) a sua viúva para lhe pedir a entrega dos meus pergaminhos.

Nessa visita fui acompanhado pelo meu amigo Sr. Camanho.

Disse-me a senhora que nenhum papel ou documento se arrecadou em Lisboa.

Agora vejo uma oferta desses pergaminhos que me pertencem, pois estão com o meu nome.

Declaro que são dois pergaminhos antigos, não tinham cor vermelha nenhuma, nem declaração por minha letra donde foram achados; um deles estava dobrado como uma carta e o *sobre-scripto* é uma cruz longitudinal com cifras que significam o endereço ao Geral da Companhia em Roma.

Além disto, ainda confiei ao finado Mirandola um grosso volume em francês encontrado por mim, com o título *Portrait des sciences*, com gravuras de colunas e anotado em cifras pelos padres.

Responderei ao artigo do ilustrado Sr. Dr. Vieira Fazenda.

O abaixo assinado teve ao seu dispor os mais importantes documentos do seu finado amigo, o Dr. Alexandre José de Mello Moraes.

Ainda mais descendentes de famílias que governaram o Brasil como os Barretos de Menezes, Telles e outros, em seus papéis colhi notícia de tudo.

Bobadella era compadre e amigo do Dr. Francisco Telles de Barreto de Menezes e lhe dizia sempre que um dia apareceriam as riquezas dos padres que eram avultadas e estavam ocultas em vários lugares.

Aguardo a resposta do Ex.mo Sr. Almirante Nepomuceno, relativa aos meus pergaminhos.

Dr. Rocha Leão"

21

CORREIO DA MANHÃ - SEXTA-FEIRA, 5 DE MAIO DE 1905

OS SUBTERRÂNEOS DO RIO DE JANEIRO

OS TESOUROS DOS JESUÍTAS

Chovia torrencialmente quando apeamos do bonde que nos conduzia à residência daquele senhor alto de bigodes grisalhos e olhar penetrante que ontem apresentamos aos leitores como um grande sabedor das extraordinárias coisas do Morro do Castelo.

Uma ladeira íngreme, lá para os lados de Gamboa, lamacenta e negra a nos recordar o passado *Porto Artur* com toda a bravura dos vencidos e todo o ridículo dos vencedores.

Céu caliginoso ao alto, de nuvens pardas, pesadas de chuva...

A luz dúbia e intermitente das lamparinas elétricas da Central, que dificilmente nos aponta o caminho da residência do "nosso homem".

Neste cenário trágico nos encaminhamos pelas tortuosas vilas da Gamboa, à cata das preciosas informações que nos prometera de véspera o senhor alto, de olhos penetrantes.

Há alguma dificuldade em encontrar a casa; a escuridão tenebrosa da noite e da iluminação nos não consente distinguir os números dos portais.

Indagamos da vizinhança:

— O Sr. Coelho? Sabe nos dizer onde mora o Sr. Coelho?

— Ali adiante, moço — informa-nos opulenta mulata que goza a noite, refestelada à janela.

Caminhamos; em meio à ladeira íngreme, um velho abanando o cachimbo. Informa-nos:

— O Sr. Coelho mora no 27, passando aquela casa grande, a outra.

O Sr. Coelho, concluímos, é conhecido de toda gente; toda gente nos dá notícias precisas do Sr. Coelho, inda bem...

Encontramos, por fim, o 27, entramos. Casa modesta de empregado público, sem altas ambições; efígies de santos pendem das paredes; há no ambiente o perfume misterioso da gruta de um derviche ou do laboratório de um alquimista.

À luz macilenta de um lâmpada de querosene os nossos olhos divisam retratos em fotogravura de Allan Kardec e Pombal, que "*hurlent de se trouver ensemble*".

— Tem aqui o Pombal! Hein, Sr. Coelho?

— O Pombal? Meu grande amigo, meu grande amigo!...

Amável, o dono da casa lamenta o ofício de jornalista.

— Com esta chuva...

— Que quer? É preciso informar o público; o público é exigente, quer novidades a todo transe e agora a novidade que se impõe é o Castelo, são os seus subterrâneos e o senhor é o homem fadado a nos tornar capazes de satisfazer a curiosidade carioca.

O Sr. Coelho desfaz-se em modéstia: não é tanto assim, ele sabe alguma coisa, mas o seu maior prazer é abrir os olhos ao público contra as falsidades dos embusteiros.

E levanta-se para nos trazer seus documentos.

São largas folhas de papel amarelado, cheirando a velho, preciosos pergaminhos em que se mal descobrem caracteres indecifráveis, figuras cabalísticas, coisas intraduzíveis aos nossos olhos profanos.

— Aqui temos nós toda a verdade sobre os tão falados tesouros — diz-nos, num gesto enérgico. — Mas antes de enveredar neste caos, uma rápida explicação! As galerias agora encontradas, como já disse, nada significam; são esgotos, são esconderijos e nada mais. O atual edifício do convento compunha-se antigamente de três andares; dois deles estão atualmente soterrados. A porta que conduzia ao Morro, corresponde ao antigo 2º andar do edifício, e estava, por conseguinte muito abaixo do primitivo convento.

Todas as galerias que atravessam a montanha com diversos sentidos não foram construídas, como se tem imaginado, no tempo de Pombal, nas vésperas da expulsão da Companhia de Jesus; elas datam da instalação da Companhia no Brasil.

Os jesuítas argutos e previdentes imaginaram o que, de futuro, lhes poderia suceder; e daí o se aprestarem com tempo, construindo na mesma época em que fizeram as galerias de esgotos e as que serviam para o transporte de mercadorias, os subterrâneos de defesa e os grande depósitos dos seus avultados bens.

Os jesuítas eram senhores e donos de quase todo o Rio de Janeiro; possuíam milhares de escravos, propriedades agrícolas, engenhos de açúcar e casas comerciais. Quando a 10 de maio de 1710 aportou a esta cidade a expedição de João Francisco Duclerc, cuja misteriosa morte vai ser em breve conhecida por documentos que possuo, os jesuítas perceberam com fina clarividência que os franceses não deixariam impune o assassinato do seu compatriota. Prevendo assim a expedição vingadora de Duguay Trouin, os padres da Companhia cuidaram de pôr em lugar seguro os tesouros da Ordem, receosos de um provável saque dos franceses. Aproveitaram para este fim os subterrâneos, já construídos, do Castelo e lá encerraram todos os tesouros lavrando-se por esta ocasião uma ata em latim cuja tradução é a seguinte:

AD PERPETUAM MEMORIAM

"Aos 23 dias do mês de novembro de 1710, reinando El Rei D. João V, sendo capitão-general desta capitania Francisco de Castro Moraes e superior deste Colégio o Padre Martins Gonçalves, por ordem do nosso Revmo. Geral foram postos à boa guarda, nos subterrâneos que se fabricaram sob este Colégio, no monte do Castelo, as preciosidades e tesouros da ordem nesta província, para ficarem a coberto de uma nova invasão que possa haver. Consiste este tesouro de: — Uma imagem de Santo Inácio de Loiola, de ouro maciço pesando 180 marcos; uma imagem de S. Sebastião e outra de S. José, ambas de ouro maciço pesando cada uma 240 marcos; uma imagem da Santa Virgem, de ouro maciço pesando 290 marcos; a coroa da Santa Virgem, de ouro maciço e pedrarias, pesando, só o ouro, 120 marcos; 1400 barras de ouro de quatro marcos cada uma; dois mil marcos de ouro em pó; dez milhões de cruzados, em moeda velha e três milhões de cruzados em moeda nova, tudo em ouro; onze milhões de cruzados em diamantes e outras pedras preciosas, além de um diamante de 11 oitavas, 9 quilates e 8 grãos, que não está avaliado. Além destes tesouros foi também guardada uma banqueta do altar-mor da Igreja, seis castiçais grandes e um crucifixo, tudo em ouro, pesando 664 marcos. O que tudo foi arrecadado em presença dos nossos padres, lavrando-se duas atas do mesmo teor, das quais uma fica neste colégio e outra segue para Roma a ser entregue ao nosso Revmo. Geral, dando-se uma cópia autêntica a cada um dos nossos padres. Feita nesta cidade de S. Sebastião do Rio de Janeiro, aos 24 dias do mês de novembro do ano de Nosso Senhor Jesus Cristo de 1710 (Assinados) Martins Gonçalves, superior. — Padre Manuel Soares, visitador. — Frei Juan de Diaz, prior."

CORREIO DA MANHÃ - SÁBADO, 6 DE MAIO DE 1905

OS SUBTERRÂNEOS DO RIO DE JANEIRO

OS TESOUROS DOS JESUÍTAS

Diante do documento, em que se veem arrolados os bens da companhia, sem dissimular o espanto, indagamos do nosso informante:

— E tais riquezas existirão ainda nos subterrâneos do morro?

— Certamente e eu explico: Quando chegou às mãos do Conde de Bobadella, Gomes Freire de Andrade, o decreto de 4 de novembro de 1759, em que D. José I, por influência de seu grande ministro, expulsara os jesuítas de Portugal e seus domínios, já de há muito que se achavam em lugar seguro os bens da ordem; em obediência à carta régia de 4 de novembro, Bobadella fez cercar o Colégio, aprisionando os padres e cuidou sem detença do confisco dos seus múltiplos haveres; pois bem, tudo quanto se apurou em dinheiro importou apenas na ridícula quantia de 4.173$220!

É crível que a riquíssima Comunidade, proprictária de vastos terrenos, engenhos, casas de comércio, escravos, etc., nada mais possuísse em moedas que aquela insignificante quantia?

E as valiosas baixelas de prata, e os objetos de culto, tais como cálices, turíbulos, lâmpadas, castiçais e as alfaias de seda e damasco bordadas a ouro?

Que fim levou tudo isto?

Gomes Freire conseguiu apenas sequestrar os bens imóveis e os escravos, e esta parte de sua fortuna montava a alguns milhares de contos de réis; quanto ao resto, ele próprio declara, em carta dirigida ao rei em data de 8 de dezembro de 1759:

"É certo que, sabendo os padres que em mais ou menos tempo havia de chegar a tormenta, puseram o seu tesouro em salvamento, pelo que se lhes não encontrou mais dinheiro (eles dizem ser quase todo alheio) que 4.173$220 de que se vão sustentando como se me decretou."

— Mas, passada a "tormenta", não teriam eles arranjado meios de retirar os tesouros ocultos, conduzindo-os para Roma, sede capital da Ordem?

— Esta objeção tem sido formulada centenas de vezes e centenas de vezes destruída como uma bolha de sabão.

O morro do Castelo ficou sempre, depois da saída dos jesuítas, sob a guarda vigilante das autoridades civis portuguesas e depois brasileiras; além disso, não era fácil empresa penetrar nos subterrâneos e de lá retirar arcas e cofres pejados de ouro e pedrarias sem provocar suspeitas, ocultamente, sem o menor arruído.

— Realmente...

— Os tesouros lá estão ainda, nas vastas salas subterrâneas, até que mãos hábeis, trabalhando com prudência e método, os vão arrancar do secular depósito.

Parece que o momento é chegado; é necessário, entretanto, não perder tempo com escavações inúteis; é preciso atacar o morro com segurança, de acordo com os documentos existentes e que dizem respeito à topografia dos subterrâneos.

Estes, os que conduzem ao lugar do tesouro, são em número de quatro, construídos na direção dos pontos cardeais.

Vão ter a um vasto salão de forma quadrada e abobadado, que por sua vez tem comunicação com o Colégio por meio de escadas em espiral abertas no interior das paredes. Esta sala fica inscrita a um largo fosso onde vão ter, antes de a elas chegar, as quatro galerias.

Duas grossas paredes dividem em quatro compartimentos a referida sala.

Em um deles acham-se os cofres de moedas de ouro e prata, os cofres de ouro em pó e as imagens de S. Inácio, S. Sebastião, S. José e da Virgem, todas de ouro maciço e grande quantidade de objetos do culto católico.

Em outra divisão se encontram as arcas com diamantes e pedras preciosas e numerosas barras de ouro.

As duas restantes contêm os instrumentos de suplício, a riquíssima biblioteca dos padres, as alfaias e uma mobília completa de mármore, assim como todos os papéis referentes à Ordem no Brasil e que se acham guardados em grandes armários de ferro.

— É extraordinário.

— É verdade, meu amigo, e quem for vivo há de ver; contanto que abandonem o caminho errado e tratem de penetrar no subterrâneo do alto para baixo, o que não será difícil visto a existência das escadas em espiral que conduzem ao grande salão que lhes descrevi. E ninguém está em melhores condições de descobrir o que está lá dentro que o próprio Marquês de Pombal, que pretendia confiscar todas as riquezas da Companhia.

— Quem? O Marquês de Pombal? — exclamamos sem compreender.

— Sim, senhor; o Marquês de Pombal ou o Dr. Frontin, que são uma e a mesma pessoa.

— Está a fazer perfídia, hein?

E rimos a bom rir.

— Não graceje, meu amigo — protestou, severo, o Sr. Coelho —; o que lhe digo não é nenhuma pilhéria; o Dr. Frontin é o Marquês de Pombal; ou melhor, aquele encarna atualmente a alma do ministro de D. José!

Íamos desmaiar; o Sr. Coelho bate-nos amigavelmente ao ombro e promete-nos dar os motivos por que com tanta segurança afirma que o reconstrutor de Lisboa anda entre nós, metido na pele do construtor da Avenida Central.

E prestamos ouvido atento entre pasmados e incrédulos.

Amanhã contaremos aos leitores esta bizarra e maravilhosa história.

28

CORREIO DA MANHÃ - DOMINGO, 7 DE MAIO DE 1905

OS SUBTERRÂNEOS DO RIO DE JANEIRO

OS TESOUROS DOS JESUÍTAS

O Sr. Frontin é o Marquês de Pombal na segunda encarnação! Esta frase, dita num tom firme e catedrático, na meia-luz de uma sala francamente iluminada, deu-nos calafrios à alma, já de resto, habituada às surpreendentes coisas de que tem sido pródigo este encantado morro do Castelo.

Mas o Sr. Coelho explica-nos em poucas palavras o motivo do seu acerto.

Ouçamo-lo:

Quando, há anos passados, ocupava a diretoria da Estrada de Ferro Central, o atual construtor da Avenida sentiu-se seriamente impressionado com os desastres consecutivos que ali tinham lugar; abatia-o uma neurastenia profunda, quiçá uma íntima desconfiança das suas habilitações técnicas.

— Que diabo! Eu emprego todos os meios, dou todas as providências para evitar desastres e sempre esta danada cábula — exclamava S. Exa., amarrotando a barba ruiva.

Mas os desastres continuavam e o povo insistia em chamar a Central, pelas iniciais: *Estrada de Ferro Caveira de Burro*.

Certa vez, lamentava-se o Sr. Frontin, numa roda de amigos, da *jettatura* que o perseguia, quando um dos circunstantes, notável engenheiro, sugeriu-lhe uma ideia.

— *Seu* Frontin, eu lhe darei a explicação de tudo: venha comigo a uma sessão... O Sr. Frontin sorriu, incrédulo.

Mas o amigo insistiu; que não fazia mal experimentar, era sempre uma tentativa, que diabo!

Enfim, o ilustre engenheiro decidiu-se; foram combinados dia e hora e a sessão realizou-se em uma casa da Rua D. Polixena, em Botafogo.

O *medium*, um conhecido jornalista vidente, de óculos e barbas negras, invocou o espírito do Visconde de Mauá, fundador das estradas de ferro no Brasil, e este, apresentando-se, teve esta frase:

— Que queres tu, Pombal?

O Sr. Frontin ficou surpreso e começou a empalidecer.

Em torno, os circunstantes não dissimulavam o espanto.

—Pombal? Por que Pombal?

Nova invocação foi feita; e o espírito, já desta vez irritado, escreveu pela mão do *medium*:

— Ora, Pombal, não me amole!

Era baldado insistir; ou o espírito estava enganado ou era algum brejeiro (que lá por cima também os há) que queria fazer espírito.

Pelo sim pelo não, foi chamado D. José I para deslindar aquele embrulho.

O mofino monarca apresentou-se sem demora, tratando o Sr. Frontin pelo nome de seu dominador ministro.

O medium pediu-lhe explicações; e D. José, sem se fazer rogado, declarou que efetivamente o Conde de Oeiras encarnara no diretor da Central e que estava na terra a expiar as passadas culpas; que os desastres o haviam de perseguir por toda a vida e que assim como Sebastião José reconstruíra Lisboa, assim também André Gustavo seria o encarregado de reconstruir o Rio de Janeiro.

A propósito do subterrâneo do Castelo nada disse o espírito; mas fácil é concluir que, tendo sido Pombal o predestinado a tornar efetiva a expulsão dos jesuítas e a confiscar-lhes os bens, era justíssimo que, na segunda encarnação, reparasse o mal, descobrindo os seus tesouros ocultos e distribuindo-os com os pobres.

Era esmagadora a conclusão; realmente a carta régia de 4 de novembro de 1759 não podia ficar sem conseqüência nos fastos da Humanidade.

— E há de ter lá pelo Castelo mais pessoal daquela época — concluiu o Sr. Coelho.

— Quem nos poderá garantir que o engenheiro Pedro Dutra não é o Conde de Bobadella?

Os fatos no-lo dirão.

***

Continuaremos amanhã a narrativa da nossa entrevista com o Sr. Coelho e dos extraordinários casos que se contêm nos seus velhíssimos papéis.

Por hoje, informemos aos leitores do estado da galeria atualmente explorada.

Tem ela, como é sabido, dois lances que se encontram em ângulo obtuso e está iluminada a luz elétrica, o que lhe dá uma *tenue* mais com o século.

O segundo trecho esbarra num poço cheio d'água até a borda; é quase certo que este poço não é mais que a descida para outra galeria de nível mais baixo, coisa fácil de concluir pelo seguinte fato:

Nas paredes do subterrâneo veem-se, de espaço a espaço, provavelmente destinados a colocação de lâmpadas no tempo em que foi este construído e de certo ponto em diante estes nichos vão descendo, acompanhando sempre o declive da galeria, de modo que o último avistado está à flor d'água do poço que o delimita.

O Dr. Dutra vai tratar de dessecá-lo e então ficará este ponto esclarecido.

Ontem, às 2 horas da tarde, foram as galerias visitadas pelos srs. intendentes municipais que lá se demoraram cerca de duas horas, recebendo do Dr. Dutra de Carvalho todas as explicações.

Os dignos edis mostraram-se entusiasmadíssimos com os trabalhos de engenharia tão bem executados pelos jesuítas.

A galeria, franqueada ao público, tem sido extraordinariamente concorrida, entre os comentários mais estranhos e cômicos dos viajantes; sobem a três mil o número de curiosos que ontem lá estiveram.

31

CORREIO DA MANHÃ - SEGUNDA-FEIRA, 8 DE MAIO DE 1905

OS SUBTERRÂNEOS DO RIO DE JANEIRO

OS TESOUROS DOS JESUÍTAS
UMA NARRATIVA
O VELHO CÓDICE

Entre os preciosos documentos pertencentes ao nosso precioso informante, e de cujo conteúdo temos transmitido aos leitores a parte de que ele não faz absoluto segredo, ressaltam algumas narrativas da época, sobre casos de que foram teatro os subterrâneos do morro do Castelo, narrativas estas que, pelo seu requintado sabor romântico, bem merecem a atenção do público carioca, atualmente absorvido em conhecer nos mínimos detalhes a história daquela época legendária.

O grande Martius, cujos trabalhos sobre a nossa natureza e sobre a etnografia sul-americana merecem o aplauso dos institutos sábios de todo o mundo, faz notar que no Brasil as lendas sobre tesouros ocultos substituam as dos sombrios castelos medievos que são o encanto dos povos ribeirinhos do Danúbio e, sobre os quais grandes gênios da arte têm bordado obras de um pichoso lavor estético em todos os moldes da fantasia humana, seja a música, a pintura, a poesia ou o romance.

Uma tradição velhíssima tem alimentado entre nós no espírito do povo a ideia da existência de tesouros enterrados, dormindo há séculos sob pesadas paredes de monastérios, resistindo à argúcia de olhares perscrutadores e acirrando a curiosidade e a cobiça de seguidas gerações.

Algo de real existe certamente em meio às exagerações da lenda; documentos antigos falam dessas riquezas e indicam mesmo, com relativa precisão, os pontos em que se acham elas ocultas.

A recente descoberta de galerias subterrâneas no morro do Castelo vem mais uma vez provar à evidência não ser de todo destituída de fundamento a crença que, de há séculos, vem alimentando a imaginativa popular.

Prendendo-se por um laço natural à história das riquezas amontoadas, aparece aqui e ali um perfil feminino, um vago perfume de carne moça, o roçagar frufruante de uma saia de mulher que vem dar aos racontos a nota romântica do *eterno feminino*, indispensável ao interesse de uma lenda que se preza...

Pois o nosso morro do Castelo neste ponto também nada fica a dever aos castelos feudais da Idade Média.

Em meio à papelada arcaica que revolvemos em busca de informações sobre o palpitante assunto, fomos encontrar a história de uma condessa florentina conduzida para o Brasil num bergantim e aqui recolhida ao claustro do Castelo aos tempos da invasão de Duclerc.

A este fato já aludimos de passagem em um dos nossos artigos e agora vamos dar ao leitor a sua narrativa completa.

Trata-se da história de um desses amores sombrios, trágicos, quase medievais, cheirando a *barbacã* e a castelo *ameado*; e que, por uma singular capitação histórica, na Idade Moderna, a América do Sul foi teatro.

Não é narrativa de uma dessas afeições do nosso tempo, convencionais e pautadas; é a do desprender de um forte impulso d'alma irresistível e absorvente.

Um velho códice manuscrito em italiano dos meados do século XVIII conta-o; e pela dignidade do seu dizer e pela luz que traz a um ponto obscuro da história de nossa pátria, merecia que, transladando-o para o vernáculo, não o mutilassem em uma forma moderna, que o desvigoraria sobremodo.

Consoantes as altas autoridades filológicas e literárias, ao português Gusmão, ou melhor, de Pitta, coevos com certeza do autor dele, devíamos ir buscar o equivalente de sua fogosa e hiperbólica linguagem; entretanto, não nos sobrando erudição para empresa de tal monta, abandonamos o propósito.

Guardando no tom geral da versão o modo de falar moderno — embora imperfeito para exprimir paixões de dois séculos atrás, aqui e ali, procuramos com um modismo, uma anástrofe, ou com uma exclamação daquelas eras, tingir levemente a narração de um matiz arcaico.

O original é um grosso volume, encadernado em couro. A letra escorre-lhe miúda e firme pelas folhas de papel de linho, resistentes e flexíveis.

A tinta indelével, talvez negra, tomou com o tempo um tom vermelho sobre o papel amarelecido, cor de marfim velho; absolutamente anônimo.

Nenhum sinal, indício, escudo heráldico ou mote denuncia o autor. Não obstante, uma emenda, traços fugazes, fazem-nos crer que a mão que o traçou foi de jesuíta.

Um — *nós* — riscado e precedendo a expressão — *os jesuítas* — entre vírgulas, e a maneira familiar de que o códice fala das coisas da poderosa Ordem, levam-nos a tal suposição.

Os leitores julguem pela leitura que vão fazer da crônica intitulada:

D. Garça
Ou
O que se passou em meados do século XVIII,
nos subterrâneos dos padres da
Companhia de Jesus,
na cidade de S. Sebastião do
Rio de Janeiro, a mui heróica,
por ocasião da primeira invasão dos franceses
a mando de Clerc.

Como veem, o título se alonga num enorme subtítulo, e, de acordo com a conveniência do jornal, nós iremos publicando o vetusto palimpsesto encimado unicamente pela primeira parte: D. Garça — elegante alcunha da estranha heroína que o velho cronicou.

34

CORREIO DA MANHÃ - TERÇA-FEIRA, 9 DE MAIO DE 1905

O SUBTERRÂNEO DO RIO DE JANEIRO

O TESOURO DOS JESUÍTAS

UM CASO DE AMOR

Conforme ontem prometemos ao leitor, iniciamos hoje a publicação da interessante narrativa por nós encontrada entre vetustos papéis referentes à história dos jesuítas do morro do Castelo.

Traduzimo-la, como ficou dito, em português moderno, conservando apenas no diálogo o sabor pitoresco característico daquela época, na impossibilidade de conservá-lo em todo o correr da narrativa.

D. Garça

I

Boas e Novas Más

— Vai-te deitar, Bárbara.

— Com o demo, que hoje muito queres transformar às matinas?!...

— Sinhá dona, meu senhor ainda não veio; e o chá?

— Porventura todos os dias esperas Gonçalves para te recolher?

— Não, sinhá dona.

A preta velha, respondendo, ia arrumando cuidadosamente os bilros sobre a almofada das rendas. E, assim que acabou, ergueu-se com dificuldade do assento raso em que estava, e tirou o lenço de Alcobaça, que, em coifa, lhe cobria a cabeça.

Antes, porém, de tomar a benção respeitosa, a escrava aventurou ainda algumas palavras:

— Sinhá dona soube que hoje entrou no Rio a frota do reino?

— Soube... e por quê? — indagou pressurosa a senhora.

— Talvez meu senhor não viesse cedo por ter ficado com o governador a ajudar o despacho da correspondência das Minas e Piratininga, chegada na frota. Não é?

— Pode ser... e no que te importa isso?

— Nada, sinhá. Lembrava só.

— Bem. Vai-te deitar — disse então com império à escrava a senhora, descansando sobre a mesa o livro que lia.

Saindo a negra, a mulher que lhe dera ordens ergueu o busto acima do bufete e cravou o olhar num grande armário defronte, reluzente de prata e coberto de lavores de talha, em carvalho.

Pouco tempo esteve assim. Dentro de alguns minutos a pesada peça moveu-se um tanto, sem bulha e suavemente; e da fresta aberta, de roupeta e solidel, surgiu um religioso, trazendo na mão esquerda uma lanterna surda. Mal a depondo sobre um consolo próximo, saudou familiarmente à senhora, que parecia esperá-lo.

— Louvado seja Nosso Senhor Jesus Cristo, Alda.

— Louvado seja, Jean.

Não se sentou logo; antes de fazê-lo, sacudiu das mangas da batina alguns salpicos de barro molhado.

Era um homem alto, alongado, de formas finas. Um tanto obeso já, a sua obesidade discrepava lamentavelmente do seu todo aristocrático. Nos seus olhos azuis, ora indagadores, ora mortiços e apagados, às vezes penetrantes, havia um inteiro arsenal de análise d'almas.

Se outro indício não houvesse, este bastava para caracterizar o religioso. Era jesuíta, e professor também, o que se adivinhava na convicção interior a irradiar-lhe pela fisionomia.

Como não houvesse chovido e ele limpasse das manchas pegajosas de barro umedecido, bem parecia que as havia apanhado ao atravessar um lugar lamacento e úmido.

E o cheiro de terra que, à sua entrada, logo recendeu pela sala, dava a supor que viesse por caminho subterrâneo, guiado pela luz da lanterna.

Tudo fazia acreditar que aquele religioso não passara pelas ruas. Àquelas horas era excepcional transeuntes pela cidade; e um clérigo levantaria maldosas suspeitas.

Em 1709, o Rio de Janeiro era uma pequena cidade de 12 a 15 mil habitantes. Iluminação não havia de espécie alguma, a não ser em alguns nichos devotos, velas ou candeias acesas aqui, ali, nas beiradas dos telhados baixos, povoando as vielas de sombras fantásticas.

Depois do anoitecer, a cidade morria: e somente um ou outro corredor de aventuras ousava atravessar a treva, armado até os dentes.

O jesuíta que ali estava não era desses; viera com certeza por caminho seguro e só dele sabido.

Do Colégio ao alto do Castelo, ele descia para a grande cripta embaixo da praça de S. Sebastião. Não penetrava em qualquer de suas salas. Seguia pelo corredor circular até a galeria de Oeste, que ia ter a Santo Antônio e ao morro da Conceição; e em certa altura, subia em rampa um desvio à direita, feito adrede, até encontrar um segundo, em conveniente plano horizontal, pelo qual penetrava naquela casa da Rua da Ajuda, próximo à de S. José, por um flanco dela que beijava a colina.

Quem da rua contemplasse essa casa, nada encontraria de anormal. Tinha dois pavimentos. No superior se abriam três janelas com sacadas de grade de pau, em xadrez; e estava ocupado pelos donos. O térreo possuía duas largas portas e abrigava alguns escravos com a preciosa *cadeirinha*, que levava os senhores pelas martirizantes ruas da incipiente cidade.

Tal era a casa de Martim Gonçalves Albernaz, almoxarife do paiol da alfândega da cidade de S. Sebastião.

O seu serviço era luxuoso. Havia baixela de prata e porcelana da Índia; e os portadores de sua liteira tinham libré própria.

As más línguas diziam que nelas se cortava Fazenda Real... mas outros pretendiam que a senhora possuía bens e abundantes cabedais na terra do seu nascimento...

Logo que se sentou, à margem do *bufete* de jacarandá, na cadeira de alto espaldar e assento de couro lavrado e repregado com pregaria de cobre, o jesuíta disse:

— Dá-me de beber, Alda. Já faz frio.

D. Alda levantou-se e tirou do armário um pichel com vinho branco e dois copos.

De pé, ela era como um frágil caniço. Delgada, esguia, nem a elevação dos seios lhe quebrava a unidade da linha. Por todo o seu corpo, não havia interrupções ou soldagens de partes: era feira de um só traço. Vestia de branco; e as cânulas do cabeção em leque, erguido atrás da nuca, eram como pétalas de uma dália extravagante, sua cabeça de traços regulares figurava como um disforme pistilo imprevisto.

Movia-se lentamente, levemente, como uma cegonha nos banhados.

Quer na rua, quer em casa, vestia-se com rigor.

Era sempre branco o corpete e, aberto triangularmente no colo, permitia entrever a opala de sua pele. O resto do corpo ficava-lhe envolvido no abundante panejamento do vestuário da época.

Os cabelos negros, longe de trazê-los à moda do tempo, repartia-os ao meio da testa, e empastando-os à esquerda e à direita, deixava-os cair sobre as orelhas, unindo-os nas costas em novelo...

38

CORREIO DA MANHÃ - QUARTA-FEIRA, 10 DE MAIO DE 1905

OS SUBTERRÂNEOS DO RIO DE JANEIRO

O TESOURO DOS JESUÍTAS

D. Garça

I

(Continuação)

O padre seguiu-a com os olhos. E logo que ela voltou, encheu os dois copos, provou o seu, dizendo:

— Esse miserável já veio?

— Não — respondeu Alda.

— Tem dado um imenso trabalho, esse *tal* teu marido...

Alda sorriu e baixou um tanto a cabeça, enigmaticamente.

— Como? — indagou complacente.

— Há dias, o governador queixou-se dele ao reitor. Não guarda as conveniências; frequentemente se embriaga; anda amancebado com negras. Disse o mesmo governador que a dignidade do serviço de S.M. não pode tolerar tais desmandos.

Hoje, para a tarefa extraordinária da chegada da frota, foi preciso ir buscá-lo a um *batuque*, lá para as bandas do Valongo. Até agora temo-lo salvo, mas não sei...

O padre calou-se, e depois de alguns instantes, perguntou, despedindo um olhar diabólico:

—E se tu enviuvasses?

— Oh! Não, Jean. Não! Deixa-o viver...

— Não sei se sempre poderei fazer isso. Ele tem segredos que talvez não os guarde sempre. Amanhã, despedido do serviço real, errará na miséria, e o desespero...

Ajudá-lo não nos será possível... Todos saberão que auxiliamos um incontinente ímpio... Até aqui temos dito que é ímpio nos atos, mas nos sentimentos não. E eu não sei, Alda, até quando a nossa casuística lhe valerá.

— Deixa-o viver, Jean, deixa-o. É desgraçado, merece piedade.

— Quem sabe que não o amas? — perguntou gracejando o clérigo.

— Eu! Oh! — fez com um muxoxo a moça. — O que sinto por ele — continuou — é dó, pena, unicamente; pena de o ver perseguido pelo mau fado. Sabes que ele começou alto. Dava grandes esperanças em Coimbra; mas, de uma hora para outra, transformou-se; e, esquecido dos livros, foi viver indignamente pelas sarjetas de Lisboa, até que...

— Eu sei, Alda, sei; mas a população murmura, e não tarda que os seus murmúrios cheguem aos ouvidos da Corte.

Os dois misturaram o francês e o italiano, e uma frase portuguesa que repontava, sonorizava mais o diálogo.

— Sabes que temos novas do Reino? — perguntou o padre.

— Boas? — inquiriu a moça.

— Boas e más.

— Quais são?

— El-Rei foi aclamado.

— É velho. E da guerra?

— Que guerra? — espantou-se o religioso.

— A da coroa da Espanha, ora!

— Em que te interessa ela?

— Muito.

— Pretendes?

— Não pretendo, mas...

— Ouve, Alda. Tu me inquietas; enches-me de zelos... Ah! Se algum dia... — fez com raiva o clérigo, levantando-se da cadeira.

— Mas o que é, Jean? — perguntou com meiguice a moça. — Que é?

— Olha...

— Mas que olhar, Jean. Que coisa! Tu nem pareces o mesmo. — Metes-me medo. Que é que tens?

— Eu te explico com vagar — disse o padre, sentando-se. — Olha, na frota que chegou hoje veio para nós um aviso. Sire, Luís XIV, vai proteger uma expedição que se arma contra esta cidade. Será forte e trará grande cópia de homens para o desembarque.

— Já estava armada? — indagou com curiosidade a moça.

O jesuíta, como estranhando a pergunta, esteve algum tempo analisando a fisionomia da mulher. Ela tinha um ar ingênuo, e respirava uma enorme franqueza. O padre, desesperado do esforço que fizera para penetrar-lhe no íntimo, respondeu:

— Ainda não, mas se aprestava. Os capitães já estavam levantados e o Intendente das Finanças tratava com o Ministro da Frota os navios reais a ceder.

— É certo que se dirija por aqui, Jean?

— É seguro o aviso — respondeu sem refletir o padre.

Sentindo que o segredo, pouco a pouco, se lhe escapava arrancado pela dama dos seus pensamentos, o padre resolveu falar pouco, tomando precauções.

— Alda! Toma tenência! Eu te vou transmitir um sagrado depósito do meu voto, e embora seja de pequena importância a sua revelação, convém que fique oculto, para que não se suspeite até onde vai o poder da Companhia. Ouve-te e cala-te, senão, nem o meu amor te salvará — disse com ardor o jesuíta.

— Acaso, alguma vez, revelei o que confidencias? Tenho amizades na cidade, para que o possa fazer?

— Bem. Ouve — retrucou mais seguro o clérigo.

— Ouço e... *perinde ac cadáver* — fez com galanteria D. Alda.

O padre então prosseguiu:

— A expedição é contra S. Sebastião. Os nossos irmãos da França sabem-no com firmeza. Está rica a cidade, e a riqueza das minas fazem-na cobiçada. É presa certa e farta e em breve ela aportará. Comanda-a...

— Quem?

— Oh! Alda! Que pressa!

— Não há admirar. É do teu saber que tenho grandes conhecimentos em França, e por isso convinha que soubesse quem era o comandante, para evitar encontrá-lo. Isso em meu bem, e no teu... Assim não crês, Marquês de Fressenec?

O jesuíta, assim chamado pelo seu antigo nome do século, estremeceu na cadeira. Bem depressa recobrando a primitiva calma, foi ao chamado da pergunta:

—Bofé! Que tens razão, Condessa Alda de Lambertini. Tens razão... Quem a comanda, Condessa, é François Duclerc, da Guadalupe.

CORREIO DA MANHÃ - SEXTA-FEIRA, 12 DE MAIO DE 1905

OS SUBTERRÂNEOS DO RIO DE JANEIRO

O TESOURO DOS JESUÍTAS

D. Garça

I

(Continuação)

— Ahn! É Duclerc — refletiu com indiferença D. Alda.

— Não te espantas?

— De quê? De medo, não podia ser; estou bem protegida. Demais, o nome não é tão ilustre assim; um marinheiro obscuro que quer fazer fortuna em empresas arriscadas...

— Alda! Dissimulas... escondes algum segredo...

— Eu?!

— Sim, escondes. Ainda amas o *crioulo*?

— Não o amo, Jean — objetou firmemente a senhora —, e bem deves ter verificado isto.

— Então de quem foi a carta da América portuguesa que ele recebeu?

— Que carta?

— Sim... uma carta. Os nossos irmãos de França pretendem que ele recebeu uma carta de Pernambuco ou daqui; e que, depois dela, provocou a expedição.

— Ah! Compreendo. Queres dizer que a carta foi minha, não é?

— É...

— Ora, ora, Marquês — gargalhou a condessa. — Nem pareces o fidalgo de quem Mme. de Mainte me dizia ter tanto espírito como o famoso cura de Meudon! Nem pareces o jesuíta que em poucos anos preencheu os quatro dificultosos votos da Ordem! Pois numa terra em que abundam aventureiros de toda a casta, vingativos, sequiosos e dúcteis; pois numa terra dessas, havia de ser eu, uma fraca mulher, a quem a Ordem de Jesus protege, havia de ser eu quem chamaria corsários contra ela?

A condessa italiana tinha falado com várias entonações na voz. Cedo bordava as palavras de uma tênue ironia para, depois, falar com ardor e paixão. Em outras vezes ameigava a voz com um forte acento humilde; e quando, de um só jato, lhe saiu dos lábios a última frase, o pranto aljofrava-lhe as faces de cetim.

— Não chores, Alda! É meu amor que me faz assim. Conheces o quanto ele é forte e imperioso. É um amor infernal. Por ele sofri, sofro e sofrerei durante as minhas duas vidas. Perdoa-me, Alda. Quando o passado me vem — continuou o jesuíta com ternura —, quando o passado me vem, não sei que zelos me sobem à alma. Quero penetrar, devassar arcanos do teu pensamento; e, como a bala que, por ter demasiada força, transmonta e passa além do alvo, a minha penetração me engana, me desvaira. No teu gesto mais familiar, numa palavra dita a meio, no modo por que bebes o vinho, eu vejo traições, traições. De resto, andas sempre triste...

— E tu me querias alegre, quando deixei a consideração, a posição, o império, para viver nesta feitoria cheia de negros e selvagens?

— Mas, e eu?

— Não é o mesmo, Jean; sempre tens consideração e poder. És o respeitado irmão professo da Companhia de Jesus, enquanto que eu, que tenho o sangue de Lourenço, o Magnífico, a gentalha deste lugar tem por mim dó, piedade...

— E te aborrece?

—Como não? Como não se há de aborrecer a "considerada" condessa, com a piedade da mais ínfima gente da terra toda?

— Oh! Alda!...

— E por que isso? Porque é bonita mulher de um funcionário secundário, que a abandona e se embriaga. Entretanto, essa bela mulher não o ama, não se casou com ele; e tem por esse indivíduo a piedade que envolve também os vermes. Supõem-me amá-lo, ah! Nem sabem...

— Sossega, Alda. Não vês que também eu desmereci da honra de frequentar a mais bela corte do orbe, e a glória de emular com os Racine e os Corneille? Os dois sacrifícios se equivalem, Alda.

— Oh! Jean. Não compares. Ninguém se apieda de ti. Ninguém se lembrou ainda de te pôr doces alcunhas. Nesta cidade, sou a GARÇA, a D. GARÇA, como me chegam a chamar familiarmente; e quando o poviléu põe alcunhas meigas é porque sente muita desgraça no alcunhado, Jean.

— Espera... Alda. De volta da missão que vou pregar, voltarei à Europa; e lá, então, serás restabelecida na tua posição.

—Nunca mais. Nunca. Aqui enxovalhei-me.

O diálogo, depois de impetuoso, tinha, aos poucos, baixado de tom, e seguiram-se a estas palavras pequenas frases explicativas, que o clérigo rematou, aconselhando:

— Dorme; sossega; pensa melhor, Alda.

— Tu te vais? — inquiriu com espanto a condessa, vendo o padre acender a lanterna.

— Vou. Há capítulos. Adeus, D. Garça; ama-me sempre.

— Adeus, Jean.

E os dois beijaram-se por longo tempo.

A condessa, logo que o clérigo saiu, ajoelhou-se ao oratório e, imperceptivelmente, disse:

— Graças a ti, minha Nossa Senhora. Graças! Ele vem.

(Continua)

45

CORREIO DA MANHÃ - DOMINGO, 14 DE MAIO DE 1905

OS SUBTERRÂNEOS DO RIO DE JANEIRO

O TESOURO DOS JESUÍTAS

D. Garça

II

Os Tesouros

O padre João de Jouquières, irmão professo de quatro votos da Companhia de Jesus, antes de penetrar a estreita porta do subterrâneo, murmurou em voz quase imperceptível algumas palavras à escrava, em seguida ao que, tomou o seu rumo, demandando o salão dos capítulos secretos.

Já alcançava o grande conduto oeste das galerias do Colégio.

Seus passos na crasta lajeada ressoavam lugubremente. Marchava vagaroso. Um pensamento tenaz e sombrio retardava o seu andar. De onde em onde parava, fazia como quem quer voltar; e, após frequentes hesitações, penetrou na grande galeria em circunferência. Quatro salas, esquarteladas, abriam as portas para o grande toro oco que a galeria formava.

Uma das quatro destinava-se aos capítulos secretos; as restantes eram as casas-fortes da Ordem.

O salão dos capítulos, embora fortemente iluminado por um grande alampadário de prata e uma profusão de candelabros, guardava ainda a penumbra característica das salas religiosas.

Alto e côncavo, guarnecido de grandes armários cheios de livros, era em toda a sua extensão revestido de grossas lajes com as juntas tomadas à argamassa romana.

Estudando as construções combalidas da Cidade Eterna, a milícia de Cristo lograra saber a composição dos cimentos usados nelas; e nas suas edificações eram empregados iguais com proficiência e sabedoria.

Todos os capitulares não tinham ainda chegado. A seda vazia aguardava o Reitor, e as cátedras do Procurador e do Secretário, ao dela e em frente à grande mesa oval, não estavam ocupadas.

As amplas curuis, nove, dos capitulares, em curva aberta para a mesa, tinham um ou outro professo.

Em um canto repousavam instrumentos de pedreiro e um caixão com argamassa dosada.

Assim que o padre João entrou na sala, correu ao jesuíta mais próximo, dando-lhe o toque simbólico de professo. Procurou entre as nove cadeiras a sua; sentou-se com desembaraço e esperou.

Vagarosamente chegaram os restantes e, logo que foram doze, o Reitor ergueu-se, acompanhado dos demais, e pronunciou claramente:

—*Ad majorem Dei gloriam*.

Os padres repetiram as palavras; e, tendo lembrado alguns trechos da *Monita Secreta*, o presidente do conclave explicou o motivo da reunião.

Ameaçada a cidade de uma invasão, as grandes riquezas da Ordem corriam perigo de saque. Era conveniente precavê-las em lugar seguro; tanto mais que tinham decuplicado com o recebimento de extraordinários valores da Ásia, do Colégio de Angola e de algumas províncias da América.

Lembrava também que, com elas, se deviam guardar as ricas alfaias, os paramentos e as imagens de Cristo e dos apóstolos, em ouro de lei.

O reitor falava em latim. As sílabas destacadas da língua arcaica voavam pela sala com um estalido seco.

Quando o reitor acabou, deu a palavra ao padre Saraiva, encarregado do acondicionamento das riquezas.

O clérigo expôs o que fizera. Guardara-as em 16 grandes arcas de madeira do país. Cristo e os apóstolos já estavam na sala do Sol, à esquerda; e também lhe parecia, segundo o seu modesto julgar, que as portas das salas deviam ser vedadas e parte dos subterrâneos destruída, de forma que, se viesse a durar duzentos anos ou mais, a ocupação da cidade, nunca lograssem descobrir os valores.

Deu fim à sua explicação, com a leitura da ata que lavrara. Lida e assinada pelos doze iniciados na *Monita Secreta*, o padre reitor anunciou a segunda parte do capítulo.

Expôs:

— Há alguns anos, o paulista Bartolomeu Bueno da Silva, o *Anhanguera*, penetrou no sertão dos índios Goianases, e aí encontrou minas de ouro fartas e ricas. E como Sua Paternidade, o Padre Provincial, me haja ordenado receber o mais possível aos Paulistas nas suas entradas, seguir-lhes as pegadas, resolvi despachar um pregador àqueles *brasis*. Humildemente — rematou o Reitor —, espero a opinião de Vossas Reverências.

Padre Manuel de Assunção, chegado de Piratininga, achando o alvitre bom, observou.

— Deve ser quanto antes a partida da missão, porquanto, ao que ouvi em S. Paulo, o filho do *Anhanguera* reúne meios para continuar a empresa do pai.

Todas as conclusões foram acordes com o padre Reitor. Devia partir um missionário o quanto antes.

O presidente da Assembleia então continuou:

— Sendo o voto de todos o meu parecer, penso que o escolhido também será da vontade de Vossas Reverências.

— Assim será, padre Reitor — responderam os capitulares em coro.

— Exige-se-lhe coragem, inteligência, boa cópia de letras e solércia; e, como dentre Vossas Reverências sobre desses, grande foi a minha dificuldade na escolha; entretanto, o Santo Espírito iluminou-me e escolhi-o no padre professo João de Jouquières.

A assistência recebeu com um estremeço a decisão. Ninguém supunha fosse ela recair no irmão Jean, antigo Marquês de Fressenec. A permissão que tinha do Geral para se servir dos subterrâneos da Ordem a fim de *experimentar as grosserias do mundo*, parecia pô-lo a coberto das expedições longínquas. O escolhido foi quem na aparência menos se admirou. Pedindo a necessária vênia, observou:

— Vossa Paternidade muito se há de espantar do pedido que vou fazer.

— Vossa Reverência pode fazê-lo — retrucou o Reitor.

— Solicito de Vossa Paternidade dispensa de tão gloriosa missão — fez com doçura o padre.

— Vossa Reverência fará mercê de relatar os embargos? — objetou o Reitor.

— Creio escusado dizê-los, pois que bem são sabidas de Vossa Paternidade as razões do alegado — disse o padre Jouquières, trocando um olhar de inteligência com o Reitor.

— Contudo, Vossa Reverência deve declará-las à casa, padre João.

— Débil de corpo, careço de forças para suportar as agruras do sertão. Demais, não conheço suficientemente a língua geral...

— Não é mais Vossa Reverência o douto sábio que, com os novos elementos colhidos, corrigia o catecismo do padre Navarro? — indagou com ironia o Reitor.

Sem se dar por achado, o jesuíta francês explicou:

— De fato, desde dois anos dedico-me ao estudo acurado das línguas americanas, mas daí a falar, a distância é grande!

— A prática de meses ajudará Vossa Reverência — objetou, teimoso, o Reitor.

(Continua)

CORREIO DA MANHÃ - SEGUNDA-FEIRA, 15 DE MAIO DE 1905

OS SUBTERRÂNEOS DO RIO DE JANEIRO

OS TESOUROS DOS JESUÍTAS

D. Garça

II

Os Tesouros

(Continuação)

O padre reitor, velha raposa jesuíta, tinha aos poucos anulado todas as razões do moço religioso, que sentindo-se derrotado, se encheu de ódio e raiva, até ali contidos, assegurando com firmeza:

— Saberá Vossa Paternidade que não irei.

Os dez capitulares ficaram atônitos e pálidos. Conheciam o reitor, a pureza de sua fé, a sua inquebrantável energia. Temeram pelo antigo Marquês.

Entreolhavam-se.

O reitor crispou os dedos e ergueu-se da cátedra.

Era um homem baixo, magro, anguloso. Sob a sua tez tostada havia o baço dos ictéricos. Espanhol de nascimento, professara no Colégio de Évora. Mandado para o Pará, bem cedo mostrara o seu grande ardor apostólico. Andara 20 anos pelo Solimões, levando aos selvagens boas novas do sagrado evangelho. Tinha a confiança que os impressiona e a afabilidade que os rende.

Depois de professo só tivera um desejo — apostolar, e só quisera uma glória — o martírio. Este, quase obtivera; mas a sua força d'alma afastara-o dele.

Apostolando no Madeira, prisioneiro dos *Muras*, fora amarrado ao poste do sacrifício. Próximo o fogo crepitava. Um enxame de vespas, repentinamente espantadas com a fumaça, voou feroz. Mordilharam-lhe o corpo, descarnado e nu; transformaram-no numa chaga só.

Quando os selvagens voltaram e contemplaram a sua fisionomia plácida, serena, de olhos untados de beatitude postos ao alto, admiraram aquela insensibilidade, e plenos de superstição, soltaram-no respeitosos.

Esfarrapado, doente, esfaimado, Gaspar Hurtado continuou a pregar e fundou quatro aldeias. Era a esse homem que o padre Jouquières tão abruptamente desafiara.

— Porventura estareis esquecido da *obedientia coeca*, que juraste? — indagou o reitor.

— Absolutamente, padre Hurtado, não estou. Vossa Paternidade, me parece, é que já está esquecido em demasia.

— Quereis falar da autorização especial que tendes?

— Sim. Do Geral que tudo pode e manda, e quer ser obedecido.

— E quem vos disse que ele está sendo desmandado, Marquês de Fressenec? Quem vos disse?

— Relembrai-lhe os termos, padre Reitor.

— Lerei. Será melhor. — "... concedo-lhe a graça de experimentar as grosserias do mundo, enquanto for para bem dos interesses da Ordem..." — Não é isso?

O velho missionário, logo ao tirar a cópia da carta de sob as vestes, tinha dado com o tópico; e a presteza com que o achou dava a entender que muito meditara sobre ela e a interpretara segundo as suas conveniências.

O antigo marquês percebera argutamente a finura do superior; mas quis, no entanto, argumentar.

Tenazmente refutado, caiu em cólera. Com o olhar aceso, levantou-se de um salto da cadeira, dizendo:

— Na terra, não há quem me possa tolher os passos. Desconheço em vós esse poder. Sou homem, sou livre. Sabei. Quero amar, hei de amar. Não irei; não me apraz...

Os professos, cabisbaixos, assistiam com ceticismo àquela revolta. Sabiam até onde ia o poder da Ordem de Jesus. Mediam as suas forças ocultas e os perigos que corriam um perjuro dela.

— Vossa Reverência parece ter esquecido o juramento: *perinde ac cadaver* —disse o Reitor com calma e reflexão.

— Que me importam os juramentos, os compromissos; que me importam eles, se se antepõem ao meu amor, ao meu coração. Quero o inferno nas minhas duas vidas; quero perseguições, misérias, mas quero amar, Padre, quero amar; quero tê-la bem perto de mim, bem junto, a minha Alda, o meu Amor. Não irei, Padre! Dentro da minha alma, sou rei, sou Deus!

Os professos continuavam calados.

Reitor levantou-se e, mansueto, discorreu:

— Deus é rei dentro de vós. Pensais isso? Que engano! Humilhado, despicado com o mundo, há quinze anos, batestes às nossas portas. Vínheis corrido da glória, do amor. De nada vos valeu vossa nobreza, vosso talento... Só a Ordem brilhava nas trevas dessa noite de vossa vida. Batestes e receberam-vos.

Ela, a Ordem, vos deu paz, sossego, abundância; não contente, vos deu também amor. Tudo o que quisestes em França, há quinze anos, a Companhia vos deu aqui. Não vos pediu ela, só obediência. Nada vos exigiu de sacrifício até hoje. Entretanto, ela vos pede agora uma pequena privação, objetais orgulhosamente que sois Deus, que sois rei, que vosso amor não quer... Como se vosso amor não proviesse da Companhia; como se ele não fosse uma esmola da Ordem! Marquês de Fressenec, sede rei, sede Deus, mas notai bem: o que aqui vistes, não vistes; o que aqui ouvistes, não ouvistes.

Acabando de dizer estas palavras, padre Gaspar voltou-se para o irmão Secretário, recomendando:

— Vossa Reverência fará mercê de lavrar o compromisso de expulsão, de acordo com as Instruções Secretas.

O jesuíta puxou uma folha de papel e pôs-se a escrever.

52

CORREIO DA MANHÃ - SEXTA-FEIRA, 19 DE MAIO DE 1905

OS SUBTERRÂNEOS DO RIO DE JANEIRO

OS TESOUROS DOS JESUÍTAS

D. Garça

II

Os Tesouros

(Continuação)

Entrementes, o marquês recostado à guarda da curul, pensava. A [ilegível], flexível, por toda a parte segui-lo-ia. Expulso, sem classe, erraria pelas aldeias e vilas. O amor fugir-lhe-ia, porque tinha razão o Reitor, seu amor era uma esmola da Ordem.

Que seria dele? Só, sem parceiros, sem mulher...

Na alma do marquês havia o caos. Tudo se chocava, tudo se baralhava; nem um sentimento definido. Por fim, acovardado, ajoelhou-se e implorou:

— Perdoai-me, padre reitor, perdoai-me.

O semblante do velho religioso resplandeceu e, como de antemão se contasse com aquela cena, ergueu o professo do lajedo, calmo e meigo, e lhe disse:

— Prolfaças que obrastes bem, João.

Em seguida recomendou ao padre secretário:

— Rasgai o ato. — E para os capitulares reunidos: —Transportemos agora para as salas as riquezas da Ordem.

Os padres se ergueram. Quatro saíram e foram se postar em um compartimento mais alto. Os oito restantes ficaram no mesmo aposento, arredando um grande armário de junto da parede. Retirado o móvel, padre Saraiva introduziu uma talhadeira entre os lajedos, deixando ver um largo conduto inclinado, que começava no aposento a cavaleiro. Com um sistema misto de roldanas, cabos e plano inclinado, as grandes arcas desciam por ele, cada uma de per si. Mal ajuntavam na abertura, dois padres, nas alças da cabeceira, e dois nos pés, tal como as esquifes, removiam as arcazes para as salas próximas.

Todas estas precauções foram tomadas a fim de melhor guardar segredo. Para o aposento superior, as riquezas tinham sido, aos poucos, levadas por escravos e gente a soldada da companhia; e daí para baixo vinham dessa maneira.

Já tinham descido quinze caixas, quando a décima sexta, a das pedrarias, tropeçou no caminho e resistiu à tração.

Era a última, e a noite ia alta. O alampadário tinha a mesma luz e os candelabros haviam recebido novas velas.

A um só tempo os oito padres deram um único puxão no cabo de linho.

A caixa escorregou e, dado o impulso que tinha, veio cair no centro do salão, despedaçando-se.

Diamantes e rubis; coríndons e ametistas; pérolas, crisólitas, turquesas, turmalinas, ágatas; grandes, pequenas e miúdas, semeadas pelo lajedo, brilhavam, faiscando. Tons cambiantes, matizes do verde, do azul, do vermelho, misturavam-se, caldeavam-se. Por baixo da película verde do brilho das esmeraldas havia coriscos azuis do cintilar das safiras. Rubros pingos de sangue vivo desmaiavam à fosca luz das pérolas. Um grande diamante da Índia, principescamente, como um sol, faiscava no centro.

E à indiferente luz da grande lâmpada de prata, febrilmente, uma a uma, os padres, agachados, ficaram a reunir aquelas riquezas dispersas...

***

Padre João conservava-se a distância, braços cruzados sobre o espaldar da cadeira, na humildade do seu arrependimento; o seu olhar, intenso e vivo, fixava-se nas pedrarias espalhadas pelo lajedo. Em seu espírito uma íntima revolta flamejava; o marquês relembrava o seu passado, cheio de nobres e cavalheirescas ações; jamais ele se curvara a uma imposição ou a uma ameaça.

Fora sempre um forte nas lutas de política como nas do coração.

Entretanto agora se haviam dobrado os seus joelhos numa súplica e os seus lábios afeitos ao mando tinham murmurado frases de perdão!

E tudo isso por quê?

Um amor intenso, fatal, dominador, obcecava-lhe a razão, apagara-lhe do peito a chama vívida de um orgulho indomado.

A expulsão seria a perda do poderio, da paz monástica do colégio, seria talvez a perda de sua vida; nada disso, porém, era de força a abater o ânimo do clérigo.

O que o obrigara àquela humilhação, à quebra de vaidade de homem, fora o amor, unicamente o amor; fora o receio de perder, com a roupeta de jesuíta, a sua Alda, a sua querida Alda.

A Companhia era forte, era quase onipotente.

Expulso dela, vagaria solitário pelo mundo, e aquela por quem abandonara o mundo, entre as paredes do claustro do Castelo, seria pasto da lubricidade dos *outros*.

Padre João fizera bem; a vingança viria depois, cedo ou tarde.

E com os braços apoiados no espaldar da velha curul, o jesuíta fixava as pedrarias esparsas, com um sorriso diabólico a brincar-lhe nos lábios.

(Continua)

55

CORREIO DA MANHÃ - SÁBADO, 20 DE MAIO DE 1905

OS SUBTERRÂNEOS DO RIO DE JANEIRO

OS TESOUROS DOS JESUÍTAS
NO MORRO DO CASTELO
A DESCOBERTA DE UMA NOVA GALERIA

Ontem, à uma hora da madrugada, os trabalhadores sob a direção do hábil engenheiro Pedro Dutra, encarregados do arrasamento do morro do Castelo, descobriram uma nova galeria, que parece ser a mais importante das três até agora encontradas.

Segundo as informações fidedignas que em dias consecutivos publicamos, deve ser esta a galeria mestra, conduzindo à vasta sala subterrânea, onde, segundo rezam a crônica e a lenda, estão encerrados os tesouros dos jesuítas.

Foram encontrados no meio do barro lamacento restos carcomidos pela ferrugem de instrumentos de suplício, pregos, correntes, polés, gargalheiras, etc.

O novo subterrâneo, ao que parece, não é, como os precedentes, aberto simplesmente a ponteiro no moledo; a sua construção foi mais cuidada e obedeceu aos preceitos da arte de construir compatíveis com os progressos da época.

Abre-se a porta que para ele dá ingresso ao pé de uma velha escada do Seminário, agora destruída por via do arrasamento do secular edifício. Uma enorme pedra de cantaria obstruía-lhe a entrada; removida esta, penetraram no subterrâneo o engenheiro Dutra e alguns operários de confiança e logo ficou patente a importância da descoberta.

Pessoa que assistiu a este trabalho garantiu-nos ter sido encontrado um pequeno cofre de madeira cintado de ferro, que de pronto chamou a atenção do Dr. Dutra, o qual resolveu sem demora comunicar ao Dr. Frontin o interessante achado, guardando sobre o caso o mais completo sigilo.

Pela leveza do cofre, parece não conter ele metal, senão documentos da Ordem de Jesus.

A nova galeria, que segue a direção do Convento dos Capuchinhos, já está explorada na extensão de dez metros, tendo sido ontem visitada pelos Drs. Lauro Müller, Paulo de Frontin, Getúlio das Neves, Emílio Berla, general Sousa Aguiar, Chagas Dória e vários engenheiros da avenida, que em seguida percorreram, em bonde especial, a Avenida Central.

Continuaremos amanhã a publicação de *D. Garça*, a narrativa que tanto interesse tem despertado e que tão intimamente se prende às descobertas dos subterrâneos do morro do Castelo.

CORREIO DA MANHÃ - DOMINGO, 21 DE MAIO DE 1905

O SUBTERRÂNEO DO MORRO DO CASTELO

NOVAS GALERIAS

UMA VISITA

Pouco a pouco vão se desvendando os mistérios das lendas seculares do morro do Castelo e a picareta dos trabalhadores vai descobrindo galerias, salas subterrâneas, confirmando o que dizem os roteiros.

Sobre a notícia que demos ontem do aparecimento de uma nova galeria, temos a retificar um ponto.

Não se trata de uma galeria e sim de uma sala subterrânea revestida de tijolos. Desta saem duas galerias: uma que corre paralela à avenida e outra que segue em direção ao convento dos Capuchinhos.

A primeira está com a abóbada descoberta e ainda não está desentulhada.

O mesmo acontece à sala.

A outra galeria, onde ontem penetramos graças à gentileza do Dr. Dutra de Carvalho, tem a boca estreita, que começa a se alargar depois de três metros. Daí em diante é uma vasta galeria revestida de tijolos e onde pode andar à vontade o homem mais gordo e alto.

Ainda não está desentulhada e a sessenta metros torna-se nela difícil a respiração.

Têm sido encontradas várias balas rasas e outros instrumentos de ferro carcomidos pela ferrugem.

Foram também encontradas algumas garrafas.

Os trabalhos continuaram toda a noite, devendo ser suspensos hoje de manhã.

A galeria que está sendo desobstruída ficava exatamente num corredor do seminário de serventia privada dos padres. Acima da abóbada, grandes lajes suportavam a terra, sobre as quais foram construídos os suportes das vigas que aguentam o corredor.

Obra antiga e sólida, só a picareta poderia pô-la a descoberto.

CORREIO DA MANHÃ - TERÇA-FEIRA, 23 DE MAIO DE 1905

OS SUBTERRÂNEOS DO RIO DE JANEIRO

NOVAS GALERIAS

Os trabalhos de desobstrução das novas galerias descobertas no sábado, suspensos por motivo do descanso dominical, recomeçaram ontem sob a direção do Dr. Dutra de Carvalho.

A galeria que seguia sentido ascendente do morro ficou limpa até a distância de sessenta metros, e aí bifurca-se em duas direções.

O Dr. Paulo Frontin, em visita que se fez, deu várias instruções para este serviço.

Foram instaladas lâmpadas elétricas na parte desobstruída, devendo o serviço prosseguir sem interrupção.

Além daquele engenheiro, visitou as galerias o Dr. Lauro Müller, Ministro da Viação.

Têm sido encontrados vários pedaços de ferro carcomidos pela ferrugem e cuja serventia não se pode precisar.

Na ocasião em que se procedia ao desentulho da grande galeria, desabou um pedaço da abóbada, não tendo felizmente havido vítimas.

CORREIO DA MANHÃ - QUARTA-FEIRA, 24 DE MAIO DE 1905

OS SUBTERRÂNEOS DO RIO DE JANEIRO

AS GALERIAS DO CASTELO

O caso do dia que ainda preocupa a atenção do povo é incontestavelmente o das galerias do Morro do Castelo.

Tenazmente a picareta dos trabalhadores da Avenida, sob a hábil direção do ativo engenheiro Dr. Dutra de Carvalho, vai desvendando os mistérios das galerias.

Ontem à tarde foi encontrado um crucifixo, que se supõe ser de ouro e que mede cerca de oito centímetros.

Também foi encontrada uma imagem de madeira do Senhor dos Passos.

A galeria, que segue em sentido ascendente do morro, bifurca-se, como dissemos ontem, em duas galerias: uma em sentido reto e outra em direção ao convento dos Capuchinhos.

A primeira interrompe o seu trajeto por uma laje, presumindo-se que seja uma porta falsa, o que em breve saberemos com o prosseguimento das explorações.

Como se vê, o morro do Castelo ainda por muito tempo fornecerá aos curiosos novas notícias.

D. Garça

III

A Vingança do Jesuíta

Demandando os índios Goianases, cujas mulheres, segundo a fabulosa narração do *Anhanguera*, traziam como enfeites palhetas de ouro virgem, o jesuíta parte do Colégio de S. Paulo. Voga rio abaixo. A montaria desliza mansamente ao sabor da corrente.

Quatro *carajás*, ainda dos que vieram meninos no *resgate* de Pires de Campos, remam vagarosos e sem esforço. A velocidade das águas arrasta a tosca embarcação; e é bastante aproveitar-lhe o ímpeto para navegar célere.

À popa, o padre e o coadjutor se estreitam. Pequenos fardos de alimentos repousam aos seus pés e também na proa; é pouca coisa... Deus dará o resto para a viagem toda!...

O antigo marquês olha as margens.

Aqui, uma praiazita alva, límpida, ondula em graciosa curva. A canoa a descer é como um lápis a traçá-la.

De repente, dois pavorosos blocos negros de pedra avançam pelas duas margens. O rio se adelgaça e a correnteza aumenta. Seguem-se barrancos de dois lados.

O fio d'água escorre entre dois diques abruptos. A mata vem até às margens. As últimas árvores se inclinam e as lianas pendentes rasam à superfície prateada, oscilando ao impulso da água que corre.

Chega a noite. Os quatro remeiros, em língua indiática onde se misturam vagas sonâncias portuguesas, entoam uma melopeia nostálgica. Os padres rezam; e as árvores da margem a que se dirigem estremecem e farfalham ao sopro da brisa.

Abicados em lugar propício, armam uma tenda passageira; e passada a sombria noite, povoada de gênios e duendes, seguem caminho.

Assim dias e dias: e às vezes a chuva, moléstia, o cansaço retardam a rota sem termo preciso. Mais do que uma noite, demoram-se no ligeiro acampamento.

Os índios pescam e caçam pelos arredores com as suas primitivas armas. Não há mosquetes, nem espingardas. Uma missão não as usa. Conseguem dessa maneira refazer as escassas provisões. Pouco se falam. Cada qual, ante a augusta presença do deserto, recolhe-se dentro de sua alma.

Padre João medita e relembra o passado.

Recorda sua mocidade. Que grandeza não ameaçava ela! A chegada em Paris... a sua primeira tragédia representada!...

Os elogios e as saudações que recebeu prometiam-lhe um destino seguro, feliz e alto.

Depois encontrou a condessa Alda, esposa do velho embaixador de Florença, o Conde Ruffo de Lambertini. Era uma maravilha de mocidade, de beleza e de graça.

Foi em Versailles que a viu pela primeira vez e logo se apaixonou. Duclerc, por esse tempo, chegou também à corte. O almirante Touville apresentou-o como um dos bravos da batalha do cabo de São Vicente que acabava de ganhar. Tanto ele como Duclerc cortejavam a condessa, que parecia hesitar entre dois amores.

Mas, ai! que foi ele próprio quem a desviou para o rival...

Um duelo cruel e injusto com o marinheiro atraiu-lhe a animosidade de Alda. Aos poucos, o escândalo que ele levantou, fez-lhe perder o valimento. Os amigos fugiam-lhe; o rei não o recebia mais.

Desgostoso, não encontrando saída para aquele angustioso momento, procurou a Ordem. Em breve preencheu os quatro votos...

A tarde vinha. Agora, subindo o rio mais largo, a canoa se move com dificuldade. Cava na superfície das águas um sulco profundo.

O jesuíta professo continuava agitando nas recordações.

Lembrava-se agora da entrevista que tivera com o Geral, em Roma.

— Que vos fez entrar para a Ordem, Marquês? — perguntou-lhe o superior da Companhia.

— O amor, Eminência. O amor...

— Desanimaste dele?

— Sim; sou padre.

E em seguida relatou-lhe todo o seu sofrimento, a sua angústia e o seu desespero. Descreveu-lhe o nome, a posição e a beleza do objeto do seu amor.

O Geral ouviu complacentemente a sua narração e, ao retirar-se ele, lhe disse:

— Vossa Reverência vai para Lisboa. Esperará e verá então o quanto pode a Companhia.

Na capital do reino luso esperou. Dentro de um ano a condessa chegava em um navio da Companhia, que a resgatara aos piratas de

Argel, dos quais fora prisioneira na embarcação a cujo bordo voltara de França em busca de sua terra. A tripulação trucidada e passageiros também, só ela escapara cativa.

Trazida secretamente do galeão *Santo Inácio*, da Ordem, desembarcava em São Sebastião figurando como esposa de Martim Gonçalves Albernaz, criatura da Companhia e despachado por El-Rei, almoxarife do paiol da Alfândega...

— Olá, meu padre, por aqui — falou uma voz da margem da qual se aproximaram.

O jesuíta e os companheiros ficaram surpreendidos. Naquelas alturas, tão boa linguagem portuguesa era para admirar.

Investigaram a margem. Em pé com a espingarda descansada no solo e inclinada a braço frouxo, havia um homem alto coberto de um largo chapéu. Era o chefe de uma bandeira, talvez. Saindo de moitas, um a um, foram-lhe aparecendo os companheiros. O jesuíta não tivera notícia daquela entrada. Por aquelas épocas era assim; um punhado de homens se juntavam e um belo dia, seguidos de alguns índios e negros, partiam discretamente para o interior encantado. De algumas dessas correrias os povos guardavam memória, de poucas a história conservou o resultado, mas da maioria, nem os alvadios casos da sua gente, pelos tempos em fora, ficaram marcando nos valedos a grandeza do seu esforço. Apagaram-se.

O jesuíta estava em frente a uma dessas. Era pequena: quatorze paulistas e alguns índios e negros.

— Pois não, irmão — retrucou o padre ao bandeirante —, vou em busca de almas para o purgatório. De que vos admirais?

— Padre, as cidades estão cheias de almas precisadas de vosso socorro. Deixai-nos os sertões; quando eles se tornarem vilas, então sim, padre, obrai.

A lógica do jesuíta não foi suficiente para demover aqueles rudes. De manhã, no dia seguinte, logo ao romper d'alva, o chefe veio ao padre:

— Voltai, reverendo, voltai sobre os vossos passos. — E a intimação feita a berros pelo ajuntamento todo foi tão peremptória e enérgica que o jesuíta no dia seguinte retomava o caminho pelo qual jornadeara quatro longos meses.

A volta durou mais da metade que a ida. Foi penosa, mas, de esforço em esforço, a missão chegou afinal ao ponto de partida.

O alvoroço da invasão do Rio enchia a vila. Apesar de já se ter dado há meses, as notícias não eram seguras.

Padre Jouquières recolheu-se ao Colégio, onde dias depois recebeu um dos estudantes do Colégio do Rio que tomara parte nos encontros.

— Onde foi o desembarque? — indagava um outro jesuíta ao rapaz.

—Na Guaratiba. Marchou oito dias; e eu me gabo de haver sido um dos primeiros a atacá-lo.

— Onde?

— Na lagoa da Sentinela, com Bento do Amaral Gurgel. É bravo o Bento, meus padres! Com dois deles não haveria franceses capazes.

— E não o combatestes mais? — interrogou o padre Jouquières.

— O francês desceu por Mata-Cavalos, frei Meneses o atacou no Desterro e nós, com o Bento, esperamo-lo pelas ruas...

— Não se deteve Duclerc em parte alguma? — continuou a interrogar o jesuíta francês.

— Qual, padre, vinha que nem um raio. Na Rua d'Ajuda parou...

— Em que lugar?

— Numa casa, onde entrou...

— Que casa?

— Não me recorda agora... Espere... Foi na casa do Almoxarife Albernaz, casa essa que foi destruída por uma bala do Castelo.

— E o almoxarife e a mulher onde param?

— Albernaz morreu na explosão do paiol da Alfândega e...

— E a mulher?

— A mulher foi morar na Rua do Vaz Viçoso, próximo à casa do tenente Gomes da Silva, onde hoje habita Duclerc.

O antigo marquês fez-se pálido, depois rubro. A custo continha a cólera. Compreendeu o modo por que os dois lhe ludibriavam; e antes que os seus interlocutores percebessem o seu estado d'alma, disse pausadamente:

— Amanhã irei para S. Sebastião. Padre, fazei preparar as malas para a madrugada.

CORREIO DA MANHÃ - QUINTA-FEIRA, 25 DE MAIO DE 1905

OS SUBTERRÂNEO DO MORRO DO CASTELO

A atenção pública acha-se agora, mais que nunca, presa à descoberta das galerias do morro do Castelo; as explorações criteriosamente iniciadas e levadas a efeito pelo Dr. Pedro Dutra de Carvalho têm dado os melhores resultados e já se vai afirmando no espírito dos mais céticos a crença de que no bojo da imensa mole de argila alguma coisa existe de precioso, senão os tão falados apóstolos de ouro, pelo menos armas do tempo, objetos de culto, móveis, instrumentos de suplício, todo um *belchior* secular, que poderá fornecer ótimos instrumentos para a reconstituição de uma época histórica.

A terceira galeria descoberta, já conhecida por *galeria dos capuchinhos*, está explorada numa extensão de oitenta e tantos metros.

Visitamo-la ontem, acompanhados do amável engenheiro que dirige os trabalhos.

O ponto inicial é uma pequena sala de forma trapezoidal, de teto em abóbada de berço; esta sala comunica-se com uma outra galeria secundária, ao que parece, destinada à prisão.

A passagem da sala para esta galeria faz-se por um pequeno orifício que mal dá passagem a um homem.

A galeria principal estende-se em linha reta num percurso de sessenta metros; aí desvia-se para a direita, estando, porém, esta derivação obstruída.

No ponto justo em que termina a parte reta da galeria, existe uma grande pedra que se supõe ser uma porta disfarçada; esta pedra ia ser hoje removida.

Os trabalhos têm sido executados com alguma morosidade; a atmosfera subterrânea é abafada, quentíssima.

Dificilmente pode um homem trabalhar, pela exiguidade do espaço.

O terreno aí é pegajoso, denotando a presença de hidrato de alumínio.

Têm sido encontrados diversos objetos curiosos nas escavações, entre os quais salienta-se um grande candelabro de ferro, que alumiava a pequena sala a que nos referimos acima.

É também interessante uma grande botija azul, em que se vê gravado, como *breveté*, um sino.

Além desses objetos, encontraram-se ossos humanos, balas esféricas, um cano de garrucha, um grosso tubo de ferro, uma chave, etc., objetos estes que se acham expostos em nossa redação.

CORREIO DA MANHÃ - SEXTA-FEIRA, 26 DE MAIO DE 1905

OS SUBTERRÂNEOS DO MORRO DO CASTELO

D. Garça

IV

O Encontro

O jesuíta chegara ao Rio de Janeiro com a alma despedaçada pelo ciúme, numa sede horrível de vingança.

A certeza de que Duclerc, o ex-amante de Dona Garça, voltara de novo a reconquistar o seu amor perdido, acordava-lhe no coração todos os sentimentos maus que há tantos anos dormiam recalcados pelo seu voto de humildade.

Duclerc, derrotado pelas forças de Bento do Amaral Gurgel, correra sem perda de tempo a procurar o objeto de seu amor, cuja posse fora o motivo que o fizera pedir o comando da aventurosa expedição.

O seu encontro com a condessa foi um misto de ternura e reproches, de queixas e súplicas de perdão.

Por ela longos anos de sofrimento passara na Corte de França; nem a luta acesa da política, nem os saraus aristocráticos de Versailles conseguiram trazer ao seu espírito atribulado um pouco de alívio e de conforto.

E era tão longe a América...

Entretanto, o amor lhe dera forças para tentar a perigosa empresa, a expedição que se preparava contra o Brasil era um magnífico pretexto para tornar a ver a sua querida Dona Garça e súplice, aos seus pés, mendigar-lhe um sorriso, uma palavra de meiguice e de conforto.

E assim, andara pelas secretarias, a bajular os poderosos, até conseguir o ideal sonhado — o comando da expedição conquistadora.

D. Garça ouvia-o orgulhosa, com um sorriso brando de condescendência nos lábios rubros e sensuais.

O seu espírito de mulher gozava o martírio daquele homem poderoso e valente que atravessara os mares, que afrontava os perigos de batalhas sangrentas, só por vê-la, só por obter um olhar dos seus olhos, uma palavra meiga dos seus lábios.

Ela também o amava.

Durante toda a sua vida romanesca, passada entre as paredes frias do convento, muitas vezes a sua alma se desprendia, sonhadora, a corporizar a esbelta figura de Duclerc, o forte mestiço por quem pulsaram tantos corações femininos.

Mas agora o seu espírito satisfeito embalava-se nas palavras cariciosas do seu ex-amante e ela nem ousara falar, de modo que se escapasse dos seus lábios uma palavra que traísse o seu amor.

Era-lhe bem mais agradável escutar aquela música sonora de frases ternas, como se ela lhe fosse de todo indiferente, como se fosse a banalidade estulta de todos os dias.

E Dona Garça dissimulava a sua imensa comoção sorrindo complacente, com piedade quase.

Entretanto Duclerc, na meia luz da velha casa da Rua da Ajuda, tinha no olhar chispas ardentes, fulgurações indescritíveis de uma velha paixão sopitada e que agora explodia com toda a fúria, com todo o império de sua grandeza.

— Já não me amas, Dona Garça?

— E por que não?

— Pois se há tanta frieza nos teus belos olhos, se nem uma palavra me dizes que me dê forças ao ânimo abatido...

— Enganas-te; sou a mesma.

Estas palavras foram ditas num tom de voz glacial, sem uma vibração, sem um colorido que denotasse partirem de uma alma sinceramente amorosa.

Duclerc conservou-se por um instante calado e pensativo. Súbito, como se alguma força estranha o abalasse todo, ergueu-se de mãos crispadas, olhos em chamas, terrível, quase sublime.

— Mulher infame e prostituída — exclamou, — tu não compreendes a grandeza de uma paixão veemente e alucinada! Nos braços do padre perdeste os últimos vislumbres do pudor; chafurdaste-te nos vícios e na dissolução; és indigna de mim! Vai-te! — E, empurrando-a brutalmente, alucinadamente, o francês voltou as costas, enquanto D. Garça caía por terra, trêmula, branca, da brancura imaculada de um lírio que um tufão despedaçasse.

Mas o velho cavalheirismo gaulês despertara em tempo na alma de Duclerc. Voltou-se, os braços cruzados sobre o peito.

Dona Garça estava ajoelhada, as mãos postas numa súplica de perdão; dos seus negros olhos românticos, duas grossas lágrimas rolaram sobre a face alvíssima como duas pérolas líquidas sobre as pétalas de uma rosa.

O colar arfava-lhe, ofegante, fazendo oscilar as rendas do corpete.

Era a figura humanizada da Madona em toda a sua beleza mística, temperada de um estranho sabor de pecadora volúpia.

E os seus lábios brancos e trêmulos murmuravam apaixonadamente:

— Amo-te, Duclerc.

O francês tomou-a nos braços carinhosamente, como a uma criança, os seus lábios aproximaram-se como que atraídos por uma força oculta e dominadora e um grande beijo apaixonado e lúbrico soou cristalino e sonoro, selando a reconciliação.

(Continua)

70

CORREIO DA MANHÃ - SÁBADO, 27 DE MAIO DE 1905

OS SUBTERRÂNEOS DO MORRO DO CASTELO

A NOVA GALERIA
PRESSENTIMENTOS
O CRUCIFIXO DE OURO

O bocado não é para quem o... encontra.

Dia a dia se vai tornando mais interessante este caso dos subterrâneos do Castelo, que veio trazer à banalidade chata de nossa vida burguesa uma nota estranha de aventura romanesca, fazendo vibrar o espírito popular que tem algo de feminino pela curiosidade com que espreita pela fechadura de todas as casas, na ânsia de tudo saber e penetrar, até os últimos detalhes.

Ninguém imaginaria a princípio que esse fato corriqueiro, que se chama em engenharia um movimento de terras, tomasse em pouco tempo as proporções extraordinárias de uma expedição de Jasão, de uma viagem do Cândido ao país do Eldorado.

Para alguns velhos, revolvedores da papelada secular, traças de arquivos e bibliotecas, o morro do Castelo sempre foi, porém, uma caixa impenetrável de segredos, um cofre de surpresas para onde os seus olhos perscrutadores se volviam curiosos, na esperança de adivinhar-lhe o conteúdo do bojo.

O engenheiro Dutra pronunciou o *Sésamo abre-te* naquela furna de Ali Babá; a sua picareta demolidora foi a varinha mágica que tirou o encanto secular do morro, despedaçando o modelo resistente, abatendo com fragor grandes moles de granito, levando a eletricidade irreverente ao soturno âmbito dos subterrâneos, onde a voz humana ecoa hoje, após três séculos de silêncio e paz, com o tom diabólico de profanação que teria a música de “cake-walk” nas catacumbas de Roma.

Devem tremer no fundo da cova as ossadas dos jesuítas que solaparam a montanha e hoje a sentem profanada pelo progresso iconoclasta que deixa em sua passagem o cheiro acre do acetileno ou a claridade baça das lâmpadas elétricas.

No intuito muito nosso de servir ao público, não temos poupado esforços para trazê-lo a par de quanto de novo aparece naquele saco de coisas curiosas e interessantes.

Às nossas notas anteriores temos a acrescentar mais as seguintes.

Os trabalhos, graças aos esforços do incansável engenheiro Dutra, vão adiantadíssimos.

Arrebentada a dinamite a larga e fortíssima parede que obstruía a principal entrada do subterrâneo, foi ele percorrido numa extensão de nove metros e sessenta centímetros; aí continuava a galeria em plano superior, numa diferença de nível de um metro e meio.

Neste ponto era grande a quantidade de entulhos que interceptava a passagem: retirado este, foram cavados alguns degraus e a exploração continuou em linha reta num percurso de 23 metros. Daí parte uma derivação para a direita, já percorrida em 14 metros e meio de sua extensão.

O ramo principal continua, porém, contando-se 4 metros até a parede final que parece, entretanto, disfarçar a passagem para diante.

No braço secundário a que nos referimos há um fato interessantíssimo a notar: um pequeno trecho do solo, a terra que o constitui é diferente da vizinha, parecendo ter sido ali colocada e socada.

Batendo-a fortemente com o pé, ouve-se um som oco e abafado que faz imaginar com sobeja razão existir embaixo um compartimento vazio ou... cheio de apóstolos.

Como quer que seja, esse fato muito impressionou os Drs. Frontin, Getúlio das Neves, Berla e alguns frades capuchinhos que ontem visitaram o subterrâneo.

Hoje vai ser desvendado o segredo e praza aos céus não seja aquilo um conto do vigário, diga-se, do jesuíta.

Nota à margem: O crucifixo de ouro, encontrado nas escavações, está em poder do presidente da República; S. Exa. mostrou desejo de possuí-lo para *mascote* do seu fim de governo e por intermédio do Dr. Frontin conseguiu que o Dr. Dutra abrisse mão do estimado objeto.

72

CORREIO DA MANHÃ - DOMINGO, 28 DE MAIO DE 1905

OS ACHADOS DOS SUBTERRÂNEOS

O CRUCIFIXO DE OURO E O CANDEEIRO DE FERRO

O Sr. Rodrigues Alves, logo ao saber do encontro do crucifixo de ouro, numa das galerias do morro do Castelo, foi pronunciando o *venha a nós* e chamando aos peitos o objeto achado pelo Dr. Dutra. Por seu lado, o Dr. Frontin, que para estas coisas não é mole, foi se apossando do candeeiro de ferro, encontrado na sala abobadada.

A seguirem as coisas, para o futuro, o mesmo rumo, e dado o caso de aparecer o S. Inácio de Loiola ou qualquer dos apóstolos, claro está que aqueles dois senhores se julgarão com o direito de carregá-los.

Que isso é torto como qualquer das galerias não pode haver a menor dúvida: tudo o que ali dentro possa estar guardado e que na opinião do Sr. Léo Junius representa riquezas fabulosas, pertence de direito ao povo, único soberano — em doutrina e em imagem de retórica, é verdade.

Qualquer cidadão tem tanto direito ao crucifixo e ao candeeiro como os srs. Rodrigues Alves ou Frontin.

Ora, como é impossível dividir os objetos em partes iguais pelos milhões de almas que habitam o país — do Amazonas ao Prata e do Rio Grande ao Pará — ficam eles sendo de propriedade de todos em geral, sem ser de cada um em particular.

Todo cidadão pode apreciá-los de longe, com a vista unicamente.

Ninguém afirmará, agora, que nos lugares onde se acham atualmente possam os objetos ser admirados pelo povo. Além de ser um pouco cacete, pela formalidade, entrar no Palácio de Friburgo, não há tolo nenhum que acredite ser o Sr. Rodrigues Alves capaz de mostrar o crucifixo a quem deseje vê-lo.

Sendo assim, qual deve ser a conclusão a tirar? Simplesmente esta: tanto o crucifixo como o candeeiro devem estar em determinado ponto, para serem apreciados pelos seus legítimos donos, e isto em dias marcados pelos encarregados da guarda de tais objetos e que nada mais são que representantes dos supraditos donos.

Podiam eles ficar na Gávea, na Tijuca, no Saco do Alferes ou em Santa Teresa, mas isso já dependeria de despesas com pessoal, instalação, etc.

Há, porém, uma casa mantida exatamente para guardar semelhantes objetos: é o Museu Nacional.

Por que não mandaram para lá o crucifixo e o candeeiro?

Então o Sr. Rodrigues Alves ou o Dr. Frontin, numa terra em que todos são iguais, podem se apossar de objetos encontrados em terrenos do Estado e encontrados quando se faziam escavações por conta desse mesmo Estado?

Se assim é, mandemos plantar batatas a tal igualdade, porque nenhum deles é melhor do que qualquer homem do povo, único pagante dos trabalhos feitos no morro do Castelo.

Vamos lá, Sr. Rodrigues Alves e Dr. Frontin, entreguem ao Museu Nacional o que lhes não pertence: isto aqui não é, positivamente, a casa da mãe Joana.

74

CORREIO DA MANHÃ - TERÇA-FEIRA, 30 DE MAIO DE 1905

SUBTERRÂNEOS DO RIO DE JANEIRO

O labirinto subterrâneo do morro do Castelo complica-se cada vez mais.

Foram confirmadas as suspeitas de que no terreno adquirido pela Mitra para construção do palácio arquiepiscopal existissem novas galerias.

Ontem a turma de exploração, sob a direção do Dr. Dutra de Carvalho, encontrou a entrada de duas novas galerias.

Os trabalhos de desentulho prosseguem, devendo hoje estar as galerias em condições de serem examinadas.

CORREIO DA MANHÃ - QUINTA-FEIRA, 1 DE JUNHO DE 1905

OS TESOUROS DO MORRO DO CASTELO

NA CÂMARA DOS DEPUTADOS

No expediente da sessão de ontem, da Câmara dos Deputados, foi lido um requerimento do engenheiro Henrique G. Dab Verme, dirigido ao Congresso Nacional e concebido nos seguintes termos:

"O engenheiro Henrique G. Dab Verme requereu ao Congresso Nacional o favor de lhe permitir a exploração e desobstrução das galerias do Morro do Castelo para os fins indicados no seu requerimento de 16 de abril de 1903, sendo considerada justa a sua pretensão, sem ônus para a Nação, e por isso a comissão da fazenda e indústria da Câmara redigiu o projeto n.321, de 1904, cuja discussão ficou parada por ter-se encerrado o Congresso.

O suplicante, como é sabido, desde alguns anos se tem dedicado a estudos arqueológicos, e conhecendo por documentos antigos que possui, a existência de galerias subterrâneas no referido morro, pediu o favor da exploração para descobri-los ao público; sendo certo que ele conhece o lugar em que os jesuítas depositaram os seus valores, e dado o caso, fossem estes encontrados, de acordo com a lei vigente, em parte pertenceriam ao requerente.

Depois de muito tempo gasto e de sacrifícios feitos do maior valor, quando esperava o suplicante que as suas ideias e seus sacrifícios seriam recompensados, eis que o governo manda demolir o dito morro, e neste sentido se está procedendo a escavações, já se tendo achado duas galerias, aliás sem muita importância, por serem consideradas de defesa. Mas assim ir-se-á destruindo obras de arte de subido valor, além de ser inutilizado o melhor ponto estratégico da cidade, primitiva fundação de S. Sebastião, hoje do Rio de Janeiro, donde se poderia com pouca despesa reconstruir uma poderosa fortificação, sobre os alicerces da iniciada pelos jesuítas, que vem desde a base desse morro.

Se o governo pretende com o arrasamento descobrir o tesouro que se supõe existir, o meio empregado não é decerto o mais próprio, porque levará mais de três anos para esse arrasamento, e só no fim desse prazo e de haver despendido muito dinheiro talvez poderá ser encontrado o esconderijo que servia de depósito aos referidos valores. Entretanto, o requerente, com as plantas que possui, poderá facilmente ir direto ao lugar e aí verificar a existência ou não do citado tesouro, sem aliás destruir as galerias e salões subterrâneos, que poderão ser expostos ao público e projetados, para assim se conservar a tradição da sua construção, forma, direção, monumentos, etc.

O suplicante já se entendeu com os srs. Ministro da Fazenda e da Viação, engenheiro-chefe da Avenida Central, e todos são de opinião que o Congresso Nacional pode conceder ao requerente a autorização solicitada, e até, se antes não houvessem sido descobertas todas as galerias, o suplicante iria mostrá-las.

Além das galerias subterrâneas do Morro do Castelo, o requerente conhece outras existentes nesta capital e fora dela, e por isso solicita do Congresso o favor de estender a concessão para os demais pontos que o suplicante indicar na ocasião de ser lavrado o respectivo contrato com o Ministério da Fazenda."

77

CORREIO DA MANHÃ - SÁBADO, 3 DE JUNHO DE 1905

OS SUBTERRÂNEOS DO RIO DE JANEIRO

OS TESOUROS DOS JESUÍTAS

EPÍLOGO

Não espantara do Castelo a volta rápida do padre João de Jouquières. Toda a comunidade sabia que o fidalgo francês, habituado à vida calma e descuidosa das cortes, amando o mundo e as suas paixões, embora os fingisse desprezar, não se submeteria por muito tempo às dolorosas provações da catequese no fundo dos sertões brasileiros.

De resto, o superior da Ordem sentia-se vingado; D. Garça não quisera escutar os seus protestos de amor, é verdade; mas agora, ele o sabia claramente, estava nos braços de outro, do seu ex-amante e isto bastava para que ele se sentisse compensado da sua humilhação pela humilhação do rival.

Entretanto, o padre João, sentindo-se traído, concebeu friamente, calculadamente o seu plano de diabólica vingança. Ao chegar a S. Sebastião, foi o seu primeiro passo dirigido para o Colégio onde apresentou ao seu prior desculpas tais que este fingiu aceitar.

Logo na noite imediata, embuçado em longa capa, seguiu pela galeria do Norte e daí tomou a derivação que ia ter à casa da sua amante infiel.

Mergulhada na treva espessa de uma noite de inverno, a cidade dormia. Nas ruas silentes e solitárias nem um rumor sequer vinha despertar o sono profundo e quieto da população.

Duclerc recolhera-se cedo à casa de sua eleita.

Reconciliados e felizes, as horas passavam-se tão céleres que cumpria aproveitá-las todas, avaramente, com medo que fugissem para não mais voltar.

Atravessando a extensa galeria, o padre João sustentava na mão esquerda uma candeia de azeite, enquanto a direita comprimia nervosamente o cabo negro de um punhal.

Vencida a pequena escada que dava acesso para a sala onde D. Garça costumava fazer as suas orações, ei-lo de pé, em frente ao oratório onde bruxuleava a luz mortiça de uma lamparina.

Depôs no chão a candeia de azeite que uma forte lufada de vento apagou.

Depois, pé ante pé, dirigiu-se à sala de jantar e daí por um pequeno corredor chegou à porta do dormitório de sua ex-amante.

Os lábios do jesuíta tremiam de ódio e comoção; entretanto os seus dedos crispados comprimiam com fúria o cabo do punhal, preparando o golpe certeiro e decisivo.

A porta estava semi-aberta; olhou.

Os seus olhos, acostumados à treva, divisaram sobre o leito alvíssimos dois corpos humanos ligados num mesmo abraço.

O ódio irrompeu então, indomado e terrível na sua alma, presa de uma angústia sem nome; venceu a pequena distância que o separava do leito e com o punhal erguido, pronto a vibrar o golpe, contemplou um momento aqueles dois corpos adormecidos.

Depois, num movimento rápido e seguro, a lâmina branca do punhal cravou-se inteira no peito de Duclerc.

Ele não dera um gemido; o ferro atravessara-lhe o coração, matando-o instantaneamente.

D. Garça despertou sobressaltada; os seus olhos negros e faiscantes distinguiram na treva do quarto o vulto do jesuíta; compreendeu tudo e, sentindo ao lado o corpo exânime e frio do seu amado, exclamou:

— Mata-me, Jean.

— Não, não te matarei — tornou este —; tu és agora minha, somente minha, não tenho mais rival.

— Enganas-te! — exclamou D. Garça, erguendo meio corpo do leito. — Era ele a quem eu amava; mataste-o, pois bem, jamais te tornarei a pertencer, covarde!

As faces do jesuíta contraíram-se num *rictus* de ódio terrível; uma nuvem negra de vingança e de vergonha passou ante os seus olhos esgazeados; a sua mão crispada mais uma vez se ergueu e a um golpe de punhal o corpo de D. Garça caiu redondamente no leito.

***

No dia seguinte espalhava-se por todo S. Sebastião a notícia da morte misteriosa de Duclerc.

Em vão se fizeram pesquisas para a descoberta do assassino do capitão francês e da bela italiana.

Mas deu muito o que falar a estranha coincidência de ter sido encontrado no mesmo dia, no leito da sua cela do colégio, o corpo inanimado do padre João de Jouquières e junto ao seu cadáver um vidro de veneno e um punhal tinto de sangue.

***

Aqui termina o manuscrito.